COMMIS D'OFFICE

Suites françaises

Bathelot, Lilian
Le Rire d'Olga (n° 69)

Delfino, Jean-Paul
Embrouilles au Vélodrome (n° 62)

Quadruppani, Serge
Corps défendant (n° 46)
La Nuit de la dinde (n° 74)

HANNELORE CAYRE

COMMIS D'OFFICE

SUITES
Éditions Métailié
5, rue de Savoie, 75006 Paris
www.editions-metailie.com
2004

ISBN : 2-86424-508-6
ISSN : 1281-5667

Aux soutiers du pénal et à Jean-Christophe

1

Frédéric Moreau, nouvellement reçu bachelier, s'en retournait à Nogent, où il devait languir pendant deux mois avant d'aller faire son droit.

– Raconte-moi.

J'essaye de faire comprendre à mon ami le proxo que mon albanais est trop rudimentaire pour lui raconter un livre dans lequel il ne se passe rien.

– C'est en 1840.

– Et alors ? fait-il, vexé.

Il croit que je le snobe et il boude.

Je me lance dans une traduction libre à partir de la centaine de mots qu'il m'a appris depuis que je partage sa cellule. De toute façon, il n'y a rien de mieux à faire. Aujourd'hui, il pleut si fort dehors qu'il est impossible de sortir en promenade.

– Un homme voit un jour femme qui est mariée et il aime femme qui est mariée et il attend toute sa vie femme·

– Elle s'appelle comment ?

– Mme Arnoux.

Il réfléchit et digère l'information en dodelinant de la tête.

– Et qu'est-ce qui se passe ?

– Rien. Il a mal pendant sa vie qui passe. Il ne fait rien.

Je suis spectateur d'une rencontre du troisième type : Dragan Dostom, proxénète du boulevard Serrurier à qui il est reproché, entre autres, d'avoir cogné et vendu des filles qui tapinaient comme des feignasses, tente un mouvement d'empathie envers les souffrances de Frédéric Moreau.

– Et le mari ?

– Il est vieux pas beau. Il va dormir avec autres femmes. Il a argent, mais il perd argent.

– Alors pourquoi il prend pas la femme du vieux ?

– Parce qu'il préfère avoir mal !

Il me regarde avec une gueule confite d'incompréhension.

– Pourquoi tu lis ça ?

– Parce qu'il n'y avait que ça dans le chariot de la bibliothèque.

J'ai dit cette dernière phrase en français, mais il a compris.

– Lis, je vais dormir.

Alors je me mets à lire à haute voix pour bercer le gros Dostom qui, dans le lit au-dessus du mien, dans un grincement infernal de vieux ressorts, se blottit dans sa couverture pour s'endormir.

Il embrassa dans un dernier coup d'œil l'île Saint-Louis, la Cité, Notre-Dame ; et bientôt Paris disparaissant, il poussa un grand soupir…

Il n'est que quatre heures de l'après-midi, mais comme l'hiver approche et qu'il fait un temps pourri, il fait presque nuit dehors.

Frédéric Moreau, nouvellement reçu bachelier, s'en retournait à Nogent où il devait languir pendant deux mois avant d'aller faire son droit.

Il ronfle.

Moi aussi, je me mets à flotter.

J'ai dix-huit ans.

Il pensait à la chambre qu'il occuperait à Paris, au plan d'un drame, à des sujets de tableaux, à des passions futures. Il trouvait que le bonheur mérité par l'excellence de son âme tardait à venir.

Fier comme Artaban, mon bac en poche, je lis *L'Éducation sentimentale*, crânement vautré sur la banquette du RER – ligne A – direction Boissy-Saint-Léger. Je vais moi aussi à Nogent pour annoncer à mes parents que j'ai trouvé une piaule à Paris et que je vais partir.

Je m'émerveille du fait que, depuis 1840, rien n'ait à ce point changé.

Comme Frédéric Moreau, je veux bouffer le monde et les demi-mondaines me font fantasmer. Je rêve à mon petit appart douillet, aux filles que je m'y taperai, au fric que je vais gagner, à la caisse que je me paierai.

Mais par-dessus tout, je suis convaincu que le bonheur mérité par l'excellence de mon âme est à la fois immense et imminent.

J'ai dix-huit ans, j'entre en fac, je suis un cador.

J'aurais dû me méfier de l'engouement que j'avais pour ce roman. Je le relis aujourd'hui avec un œil neuf et je m'aperçois qu'il s'agit avant tout de l'histoire d'un échec, de la faillite d'une vie : une fade succession d'avortements et d'impasses.

Est-ce le contexte de la prison qui me rend clairvoyant?

Ma vie commençait mal car elle commençait sans passion.

Doué en rien et bon à tout, je m'étais inscrit après le bac sur les conseils de mon père dans ce qui était d'abord une fac de droite avant d'être une fac de droit.

– Tu verras, il n'y a rien de mieux que de fréquenter les fachos pour qu'on oublie d'où vient ton père.

État des choses qu'il n'était jamais parvenu à faire oublier, le pauvre, même après trente ans à singer la France réelle au Cercle Interallié, entouré de bourgeois qui l'ont toujours méprisé.

Les Juifs, c'est pas qu'on les aime pas mais... disait la chanson.

Et puis, ce fut le premier jour de cours.

J'étais trop jeune pour le formuler avec précision, mais je peux dire qu'à l'époque j'avais déjà flairé comme une arnaque, un mauvais présage.

Un gros thésard joufflu et vieille France répondant au nom de Jean-Marie Guillemet fit l'appel.

– Brunois. Ah... Cela a-t-il un rapport avec monsieur le Bâtonnier Brunois? Ah, c'est votre grand-père! Ah...! Rippert. Ah... Le doyen Rippert est votre oncle! Ah...!

Et ainsi de suite.

Sacré Guillemet! Je le voyais comme si c'était hier énumérer des noms de sénateurs, de conseillers à la Cour de cassation, de parlementaires. On aurait dit un Biafrais devant une pâtisserie... Millefeuilles, saint-honoré, paris-brest... Il en avait plein la bouche, le Guillemet...

Ça fleurait bon la pierre de taille avenue Duquesne, la chasse en Sologne, les vacances sous la pluie à lire Balzac, le bridge et les jésuites.

Ce jour-là, j'ai compris pourquoi mon père était à côté de la plaque.

Le vrai bourgeois ne cherche pas le soleil sur la Côte d'Azur. Il vit à Paris sous les moulures avec un caveau dans une province pluvieuse. Il appartient à la classe dirigeante depuis au moins cinq générations et ne considère mon existence que parce qu'il a les idées larges.

Il ne s'appelle définitivement pas Christophe Leibowitz.

Guillemet, ce premier jour de cours, n'a même pas prononcé mon nom.

Je crois que c'était simplement par humanisme car il m'a très bien noté toute l'année.

Et puis, j'ai fait mon droit comme disait Flaubert et je suis devenu avocat mais le bonheur mérité par l'excellence de mon âme s'éloignait pas à pas jusqu'à en devenir inaccessible. Je n'avais toujours ni fric, ni caisse, ni gonzesse, mais surtout j'avais perdu l'espoir. Mes études m'avaient fait prendre conscience d'un signe que je n'avais jamais remarqué : la marque de la petite bourgeoisie parvenue qui était là, bien en évidence sur mon front, depuis le premier jour de ma vie.

J'ai choisi comme maître de stage un type à la mesure de mon désenchantement : un pénaliste juif, criblé de dettes, menteur, coureur de jupon, pervers polymorphe mais avec un cœur d'or.

Je l'adorais.

Il faisait penser aux caricatures des journaux d'avant-guerre comme *Candide* ou *Gringoire*: le Juif vous ment, le Juif vous spolie; tuons le Juif!

Petit, le nez crochu, de gros yeux globuleux, il ressemblait au Ioda de *La Guerre des étoiles*: ses vêtements n'étaient jamais nets et il agrippait toujours les gens quand il leur parlait.

Je crois qu'il m'a pris en pitié.

Ma mère portant un nom bien français, je m'appelais par-dessus tout Christophe Leibowitz-Berthier.

En fait, je n'étais même pas juif. Je n'étais tout simplement rien. Ou plutôt, si: une espèce de mutation grotesque d'après-guerre.

Je crois que c'est pour cela qu'il m'a embauché. Parce qu'il a rarement autant ri de sa vie. Parce que, savoir que dans ce monde – où on s'était pourtant acharné à faire disparaître les handicapés, les Juifs, les pédés et les gitans – il était né un Christophe Leibowitz-Berthier, prouvait à ses yeux que la vie arrivait toujours à faire son chemin.

Faute de m'enseigner le droit, qu'il connaissait seulement de manière intuitive, il m'a appris qui j'étais ou plutôt qui je n'étais pas:

– Tu perds ton temps à écouter les grands-bourgeois français qui plaident au subjonctif et qui comparent leurs chevalières à celles des présidents de chambre; ce n'est pas là qu'un Christophe Leibowitz-Berthier doit chercher son style. Si tu veux gagner plein d'argent, il faut que tu sois un gros métèque méchant qui plaide avec la même niaque qu'un chien qui crève de faim. Tu verras, ça vient tout seul. A force d'être plus pauvre que tes truands. A force de vivre comme un minable alors que tu es accusé d'imposture sociale. Le luxe de t'enrichir comme avocat tout en restant un type classe n'est pas pour toi, à moins évidemment d'épouser une fille de Bâtonnier très laide, disait le Ioda.

Et il terminait toujours par :

– Moi aussi, je suis un métèque qui grogne, mais comme je ne suis pas méchant, eh bien j'ai trois millions de dettes, mais je m'en fous parce que je baise mes clientes et qu'elles sont toutes très jolies.

Et il rajoutait :

– Et puis, tout le monde ne peut pas se targuer d'avoir trois millions de dettes !

Tout cela était vrai !

Il avait beau être petit avec des yeux globuleux, en effet il baisait toutes ses clientes mais aussi ses collaboratrices, ses secrétaires, les standardistes, les greffières... et si cela n'avait pas été considéré comme un accouplement contre-nature, il y aurait même eu quelques juges d'instruction qui se seraient laissées tenter. Il baisait également les inspectrices des impôts et de l'URSSAF qui croisaient sa route. C'était là qu'il fallait chercher sa source de jouvence professionnelle, la raison pour laquelle il survivait sans être radié pour dettes. Toutes ces femmes, autant qu'elles étaient, furent ses obligées et contribuèrent, chacune dans leur domaine, à le sauver de la faillite personnelle.

Il est mort d'une attaque un 16 février comme le Président Félix Faure, dans les bras d'une pute. Si ce n'est pas un destin, ça ! Surtout pour un Juif, quand on sait que c'est Félix Faure qui s'est opposé à la révision du procès de Dreyfus.

Alors, je me suis installé à mon compte et j'ai repris sa clientèle de femmes en larmes, de tapins et de proxos. Comme je ne savais pas y faire, les femmes m'ont largué aussitôt. Les tapins et les proxos au fil du temps se sont embourgeoisés ou sont morts du SIDA. Et puis, je me suis adapté à mon temps ; j'ai été l'un des premiers à faire dans le Russe, le Letton et l'Albanais. Maintenant, d'aucuns diront que je vis même avec. C'est curieux quand on y pense, ces similitudes : comme Frédéric Moreau, toute ma vie a tourné autour des putes et cela faute de mieux.

2

J'étais parvenu à atteindre une vitesse de croisière qui ne laissait présager en rien ma situation actuelle : une vie à deux avec un type de cent trente kilos qui ronfle au-dessus de mon oreille, dans une studette de neuf mètres carrés avec barreaux, exposée plein sud avec vue sur promenade – à Fresnes.

Je vivais alors dans un charmant petit deux pièces avec poutres à dix mille euros le mètre carré donnant sur le musée Picasso qui avait englouti l'intégralité de mon héritage.

Je n'avais ni femme ni marmots, donc pas de souci ni de casserole.

Domicilié professionnellement chez un confrère, je n'avais pas de bureau, pas de loyer, pas de secrétaire, donc pas de charges.

Tout ce que je gagnais servait exclusivement à financer mon confort personnel que je voulais douillet.

Je travaillais avec mon téléphone portable. J'étais joignable vingt-quatre heures sur vingt-quatre et voyais mes clients dans les bars et les cafés quand ils n'étaient pas encore arrêtés ; au Palais ou en taule quand ils l'étaient.

Pour améliorer l'ordinaire et ne pas perdre contact avec les réalités du métier, je travaillais également comme commis d'office.

Il y a encore deux ans, ma clientèle de proxos était intarissable. Ils se refilaient ma carte quand ils se faisaient serrer et pour le surplus, des accords avec quelques interprètes de langues dites non-onusiennes m'assuraient un fonds de roulement constant.

Lorsqu'un Letton ou un Ouzbek était arrêté, l'interprète était prévenu par l'ambassade et partait traduire la garde à vue. Pour faire d'une pierre deux coups, il conseillait à son compatriote un très bon avocat. En bout de queue, je rétrocédais à cet homme amical et coopératif 20 % sur toutes les sommes que je parvenais à récupérer au cours de la procédure.

Plus le proxénète était cruel, plus la peine était lourde, mais plus les gagneuses étaient nombreuses et dociles lorsqu'il s'agissait de payer mes honoraires.

Après une arrestation, je recevais immanquablement un coup de fil d'Allemagne : une voix de femme me demandait en anglais combien je voulais pour assurer la défense de Rodovan, Milan, Ruslan… et je partais percevoir le cash une demi-heure après dans une agence Western Union, entre deux touristes, en face de Notre-Dame.

C'était de l'argent facile, surtout que ces gars ne faisaient jamais d'histoires. Compte tenu des conditions de vie dans leurs pays, je crois qu'ils percevaient la détention un peu comme du repos forcé.

Et puis ce genre de dossier ne demandait aucun effort. On en avait lu un, on les avait tous lus.

Celui de Dragan Dostom, le gros colosse rougeaud au crâne rasé et aux yeux bleu pétard que j'ai bercé par ma lecture en est un exemple topique.

Troisième fils d'un gardien de chèvres, il était parti de la campagne à l'âge de quatorze ans pour rejoindre ses frères.

Les Dostom avaient d'abord travaillé en famille dans une usine de métallurgie mais après quelques années à griller vifs devant les hauts-fourneaux, ils en eurent leur compte et tentèrent leur chance à Tirana.

La ville et les fréquentations qu'ils y avaient trouvées leur avaient ouvert l'esprit et fait prendre conscience qu'ils étaient à un jet de pierre de l'Europe cossue.

Comme ils étaient très beaux gosses, ils avaient rencontré des filles qui avaient accepté de les épouser bien qu'ils n'aient pas le sou.

Mais Dragan avait tiré le mauvais lot en la personne de la belle Ilona, une salope intelligente et ambitieuse.

Ilona ne venait pas de la rue comme ses belles-sœurs. Elle avait fait des études universitaires pour être prof de français mais l'accident dont son père avait été victime l'obligea à quitter la fac. Pour entretenir la famille dont elle était l'aînée, elle se mit à travailler dur dans un bar de Tirana où il lui arrivait de faire quelques passes pour ajouter du beurre dans les épinards.

C'est là qu'elle rencontra le gros Dostom, qu'elle épousa bien qu'il eût six ans de moins qu'elle.

Son idée était de partir vers l'ouest où le tapin était, disait-on en Albanie, une entreprise lucrative, surtout lorsqu'on travaillait en famille, sans proxo, avec un homme fort pour vous protéger.

Dragan et Ilona partirent donc pour l'Allemagne où avaient émigré entre-temps les deux autres frères Dostom, puis en Italie et enfin en France.

Poussée par l'appât du gain, Ilona fit venir ses sœurs, ses copines, les copines de ses sœurs, les copines des frères Dostom en Italie et en Allemagne, les sœurs des copines, les copines des sœurs, les frères et les cousins des copines et des sœurs.

Bref, tout ça avait contribué à monter un vrai réseau de prostitution international dont les membres tournaient harmonieusement sur l'espace Schengen pendant les trois mois que leur permettaient leurs visas.

Ça tapinait sans relâche, dans le froid et la pluie, aux portes du périph sur les boulevards extérieurs. On était bien loin de la prostitution à la papa et du petit meublé cosy rue Pigalle.

Mais parce que toutes les ethnies n'ont pas comme les Asiatiques le sens inné du travail en famille, tout ce petit monde se tapa vite sur la gueule.

Comme Ilona trouvait que le fric ne rentrait pas assez vite, elle se mit à faire turbiner la machine à coups de trique en instrumentalisant le gros Dostom qui était réputé avoir la main lourde. Elle le poussa à dégager les filles qui n'étaient pas rentables en les vendant à ses frères ou en les proposant à deux pour le prix d'une à des proxos kosovars.

Ce ballet se déroula sous le regard patient des gendarmes en planque qui épiaient les va-et-vient de tout ce petit monde sur son segment de bitume.

Quand le dossier fit cinq cents pages et qu'il contint autant de noms qu'un livre de García Márquez, ils levèrent les filets. Les tapins furent renvoyés dans leur pays après quelques nuits de rétention administrative au dernier étage de l'hôtel Ibis de l'aéroport de Roissy. Quant à la famille Dostom *stricto sensu*, elle resta dans la nasse.

Dragan avait tiré le mauvais lot parce que sa femme parlait couramment le français, ce qui permit à cette garce de déballer de manière ininterrompue et circonstanciée tout ce qu'elle avait à dire devant le juge d'instruction, chargeant son mari de tous les maux de la terre.

Face à cela, il pouvait toujours expliquer par le truchement d'un interprète comment, en fait, c'était lui la victime de sa femme dans l'histoire, personne ne l'écoutait.

Ses frères étant tombés en Italie, Dostom était seul sur le territoire français, sans argent, sans avocat, sans rien et surtout sans Ilona qui, après avoir mis une grosse quantité de fric à l'abri, alla jouer les victimes dans les bras de l'immonde abbé Coignard.

Ah, les joutes oratoires avec Coignard !

Il était l'animateur du CLCP : Comité de lutte contre le proxénétisme, une association pour le rétablissement de l'ordre moral qui flirtait avec l'extrême droite.

Le voir participer aux audiences était une chose répugnante.

Lorsqu'il se portait partie civile dans ce type de dossier, le CLCP ne se faisait jamais représenter par un avocat. L'abbé Coignard pouvait alors personnellement dégueuler aux juges sa bouillie nauséabonde de morale chrétienne mise pour l'occasion à la sauce républicaine mâtinée de sexe un peu cracra.

Comme j'assistais souvent des proxos, il me connaissait bien.

Nous nous injurions régulièrement, bien au-delà des limites déontologiques, sous l'œil amusé des présidents de chambre.

Il était laid comme un cul.

Protégé par son statut de prélat et sa mission, ô combien de charité publique, il hébergeait des filles en rupture de ban dans sa grande propriété qui avait connu ses heures de gloire avec Paul Touvier ; mais ça, tout le monde l'avait oublié.

Rien qu'à voir comment il embrassait toujours ses protégées sur le front à la fin des audiences, comment il passait son bras sur leurs épaules, je le soupçonnais de se faire appeler papy en privé et de se tirer sur sa vieille nouille quand il les regardait dormir.

– Vous êtes pire qu'eux ! Vos gagneuses à vous, ce sont les proxénètes ! m'avait-il un jour hurlé au visage lors d'une audience particulièrement musclée.

Leibowitz youp la boum, le chéri de ces dames, le roi du macadam.

Si je me retrouve aujourd'hui avec Dragan Dostom, c'est parce que le directeur de la maison d'arrêt savait que j'étais spécialisé dans ce type de clientèle.

Nous mettre dans la même cellule : quelle rigolade !

Alors, parce qu'il a été abandonné de tous et parce que la vie nous a rapprochés d'une si étrange façon, je l'aide d'une manière étonnamment désintéressée.

Je pense ne jamais avoir déployé une telle sollicitude pour une femme.

C'est que je le soigne, mon gros proxo.

Il aime bien les plats cuisinés : entre quatre et cinq euros l'unité parce que la prison les fait venir d'un fournisseur extérieur. C'est un euro cinquante plus cher que chez l'Arabe de mon quartier. Ils n'y vont pas de main morte.

Nous partageons également le même avocat car je paye mon ami Bertrand pour le défendre bien que, malheureusement, je doute que cela ait une incidence quelconque sur son avenir pénal puisqu'il se prendra, quels que soient les faits qu'on lui reproche, entre cinq et huit ans, ce que nous appelons entre nous, pénalistes, une peine d'Albanais.

3

Je menais donc *tant bien que mal* ma vie.

Un bonheur moyen pour une âme moyenne ?

Rien ne me faisait plus vibrer.

Pour ce qui était des putes, je m'étais mis des limites très strictes. Défendant essentiellement des proxos, je ne devais pas y toucher sous peine d'avoir très vite de grosses emmerdes avec les flics.

Quant aux femmes, j'étais arrivé à les détester car leur absence de mystère et de pudeur, leur approche consumériste de l'amour m'avaient enlevé jusqu'à l'envie de baiser.

Il faut dire que ma valeur d'échange à l'approche de la quarantaine était arrivée à son firmament. Homme seul, assez beau gosse, cultivé, avec du goût et du fric, sans pension alimentaire, exerçant une profession socialement valorisante : les femmes célibataires et divorcées que je rencontrais n'en croyaient pas leurs yeux.

J'avais beau chercher dans ma tranche d'âge celles qui ne voudraient pas de moi, toutes, quoi que je leur fasse, me jetaient leur utérus au visage.

Quand j'étais bourré et en forme, je répondais à leurs avances. Ma cible de prédilection était le genre femmes d'affaires dans les médias : quarante ans d'égoïsme et une très haute opinion d'elles-mêmes. Elles m'invitaient à dîner ; je faisais mon show en choquant juste ce qu'il fallait leurs amis, un aréopage de pédés et de filles sous anxiolytiques, et quand les convives étaient partis du grand appart Marie-Claire déco, je sautais l'hôtesse en lui faisant faire à peu près n'importe quoi.

J'aime particulièrement l'expression "faire subir les derniers outrages". La détresse sentimentale de ces femmes à couilles est telle qu'elles les acceptaient, du premier au dernier, entre rires et larmes. Je pense sur ce plan être allé bien plus loin que le gros Dostom.

Il me restait bien ma vie professionnelle pour m'égayer, mais là non plus cela ne fonctionnait pas.

Cette certitude m'était arrivée en pleine gueule, je m'en souviens distinctement, un 1er mai, il y a un an et demi de cela.

Comme le héros de *La Nausée* qui eut sa révélation en matant une racine de marronnier, le poids de l'absurdité et du grotesque du monde en général, et de ma profession en particulier, m'est d'un coup tombé sur les épaules un jour de permanence aux comparutions immédiates. Pourquoi n'ai-je pas raccroché la robe ce jour-là ?

En sortant du métro, je regardais comme chaque année d'un air morose les pots de muguet vendus aux quatre coins du carré formé par la place entourant la fontaine du Châtelet en me disant que j'en achèterais peut-être un brin quand je ressortirais.

J'avais un truc avec le muguet ; il me donnait des pincements au cœur.

Mon père en avait planté dans notre jardin, mais comme il ne fleurissait que vers le 15, je revois encore ces clochettes embryonnaires et vertes qui ornaient les tiges qu'il plongeait dans le café de ma mère ce seul jour de l'année où il ne travaillait pas. C'était chaque 1er mai la même blague et cela la faisait toujours rire.

Humilité, bonheur, nostalgie.

Solitude, aigreur, insatisfaction, ratage complet.

Quelqu'un m'avait dit que plus il y avait de clochettes, plus il était cher. Aujourd'hui, le muguet est génétiquement trafiqué et ressemble à peine à du muguet tellement il y a de clochettes. Il est vendu par des gitans et des Pakistanais, même plus par des prolos : le communisme est mort.

Le Pont aux Changes puis le Palais de justice par la grille centrale.

La seule porte ouverte de l'édifice les dimanches et jours fériés est celle qui permet d'accéder à la 8e section du parquet, temple des comparutions immédiates.

J'entrai machinalement. Supplique d'un confrère débordé de lui prêter main-forte ; il a quarante-sept dossiers et il est tout seul. Les cages hommes et femmes sont bourrées à craquer. C'était, je m'en souviens, la première semaine où la police a commencé à embarquer les putes – la fin d'un monde : *Interdiction de procéder publiquement au racolage d'autrui en vue de l'inciter à des relations sexuelles en échange d'une rémunération.*

Que vais-je devenir s'il n'y a plus de putes ? m'étais-je dit ce jour-là.

Un garde mobile m'accueillit d'un air goguenard :

– Vous parlez anglais ? Parce qu'il faut les calmer, là. Elles gueulent depuis des heures.

– C'est quoi ?

– Ch'ais pas. Nigeria, je crois.

Une grosse Africaine en mini-jupe se tortillait sur le sol en hurlant et en se tenant le ventre sous les yeux de trois Arabes enfermés dans la cage d'à côté qui l'observaient avec une exaspération haineuse.

– Maître, dites-lui de la fermer, on n'en peut plus, là. Faut qu'elle se taise.

Les Africaines m'énervent : elles chialent, en plus leurs macs m'embrouillent et paient très mal.

J'intervins et demandai à ses trois copines assises sur le banc et blotties les unes contre les autres pourquoi la quatrième se roulait par terre. Les filles, vingt ans au maximum, m'expliquèrent le visage noyé de larmes qu'elles avaient peur parce qu'elles allaient aller en prison. Je les rassurai : on ne va pas en prison quand on donne du plaisir.

Le procureur va seulement les renvoyer dans leur beau pays régi par la charia se faire lapider à demi enterrées dans le sol par leurs compatriotes.

– Prenez exemple sur elle et arrêtez de crier, dis-je en anglais tout en désignant une pute de l'Est assise dignement à l'extrémité de leur banc, la tête appuyée contre le mur.

Celle-ci me sourit faiblement en gracieuse professionnelle qu'elle était. Elle était belle, elle devait avoir vingt-cinq ans, elle avait l'air rompue à tout. Je m'étais dit que je défendais peut-être un de ses macs : j'avais justement un Letton et trois Russes en détention.

Je ne parviens plus à me souvenir lequel avait poignardé deux de ses gagneuses avec un tournevis.

Trois petites Tziganes de retour de leur entretien avec le procureur furent ramenées à la cage. La grosse noire, pour je ne sais quelle raison, eut la mauvaise idée d'en attraper une par le pied, déclenchant instantanément crachats et insultes en roumain. Avant que la scène ne tourne au pugilat, le garde mobile ouvrit la cage et sortit précipitamment la grosse Africaine en la traînant sur le sol. Il tenta maladroitement de la mettre debout sur ses semelles compensées, mais elle pesait deux tonnes et se laissait choir sur le carrelage sale dans un désordre d'énormes cuisses noires.

– Putain, venez m'aider.

Tout le monde se marrait sauf la pute de l'Est qui était à des années-lumière de là. Je réussis entre deux vagissements à comprendre qu'elle avait ses règles et qu'elle avait mal au ventre.

– Faut avoir faim pour se taper ça, dit un gendarme hilare.

A trois, les gardes mobiles parvinrent à l'asseoir sur le banc central.

– Ça promet ! dis-je à l'avocat de permanence qui n'avait toujours trouvé personne pour l'aider.

Et puis, il n'était pas prêt à trouver qui que ce soit car les jours fériés nous bossions deux jours pour le prix d'un. Nous voyions les prévenus mais nous ne plaidions que le lendemain ; tout ça pour trois cents euros plus soixante gracieusement offerts comme prime de jour de fête. Là aussi, moi je dis qu'il faut avoir faim.

– Demain, ils seront plus faciles à défendre, dis-je pour lui remonter le moral.

Il acquiesça d'un soupir élégiaque.

Comme aux quarante-huit heures de garde à vue assis sur un banc large de dix-sept centimètres, la justice leur rajoutait les vingt-quatre heures du jour de fête, quand ils arrivaient à l'audience, les prévenus étaient rincés et disaient moins de conneries. En fait ils ne disaient plus rien. Ils attendaient en silence de savoir dans quelle tôle ils iraient.

J'expliquai à mon confrère d'un air compatissant que j'étais de permanence là-haut pour les mises en examen et m'esquivai en lui souhaitant bonne chance.

Je montai les escaliers dans le Palais désert, traversai le plateau correctionnel jusqu'aux galeries d'instruction.

Le Palais, les dimanches et les jours de fête, me faisait penser à ce film, *New York 1997* : la ville est devenue une gigantesque colonie pénitentiaire encerclée par des murs où les détenus vivent dans les monuments.

Je me retrouvai seul dans cet immense édifice à tendre l'oreille pour guetter un bruit, un signe d'activité humaine afin de débusquer le juge de permanence. U2 me parvint aux oreilles du second étage. Je montai dans les galeries d'instruction en suivant la voix de Bono. Je glissai la tête par la porte entrebâillée d'un cabinet.

– Bonjour, je suis l'avocat de permanence. Mise en examen.

La greffière baissa le son de son ordinateur dans lequel elle avait glissé le disque de *Million Dollars Hotel.*

Le juge d'instruction, bronzé, veste en daim et cachemire rouge, me sourit. Je me souviens que sa présence parvenait presque à donner à cet univers glauque éclairé de néons zézayants un air fitzgeraldien.

– Nous avons deux dossiers qui vont arriver du parquet : un viol sur mineur et une escroquerie avec recel. Dans l'escroquerie, ils sont trois. Il y a un avocat désigné et deux réquisitions de présentation au juge des libertés. Il y a un autre confrère de permanence avec vous, mais elle est allée faire des courses. Je ne pense pas que nous allons finir tard.

Je me suis assis dans le couloir et j'ai attendu. Je décodai l'équation.

Le viol n'était pas pour moi. Il s'agissait d'une affaire criminelle, chasse gardée des secrétaires de la conférence. L'un d'eux avait sûrement déjà été prévenu et allait s'amener dans sa superbe pour passer le premier.

Restaient trois dossiers.

Pour deux d'entre eux, le procureur avait requis que les prévenus passent devant le juge des libertés et de la détention : ces deux personnes avaient donc de grandes chances d'aller au trou. Quant au troisième, il allait être mis en liberté sous contrôle judiciaire par le juge d'instruction.

S'il y avait un confrère désigné, il l'était obligatoirement par un des escrocs qui risquaient d'aller en prison car pour faire sortir un pénaliste de son lit un jour de fête, il fallait aligner au moins trois mille euros sur la table de son petit-déjeuner.

Restait un dossier potentiellement payant qui passerait devant le juge des libertés. Potentiellement, car si par extraordinaire ce magistrat décidait de le laisser repartir sous contrôle judiciaire, j'avais fait une journée pour rien. Seule l'incarcération du prévenu fait manger l'avocat. Si le prévenu sort, l'avocat retourne à la case départ ; il ne gagne pas ses trois cents euros. Cela allait à l'encontre de mon intérêt de débusquer des nullités dans le dossier de ce pauvre type, de tenter de le maintenir en liberté. Cela allait à l'encontre de mon intérêt de faire mon métier. La racine de marronnier, le grotesque du monde. Le paradoxe du commis d'office.

Je fus tiré de mes divagations existentielles par l'arrivée du violeur du secrétaire de la conférence trimbalé au bout d'une chaîne par le jeune garde mobile qui lui était affecté pour la journée de la prison au car, du car au dépôt, du dépôt au procureur, du procureur au cabinet d'instruction, du cabinet d'instruction au juge des libertés et retour à la case prison.

Il suait. Il avait une tête de pervers. On voyait à la veste qu'il avait posée pudiquement sur ses menottes qu'il s'agissait d'un petit-bourgeois qui ne s'était jamais retrouvé dans cette situation.

Assis sur le banc, il essayait de convaincre son cerbère, encore peu habitué à accompagner de bout en bout des criminels, qu'il était là par erreur.

Les mémoires d'un garde mobile, c'est ça qu'un des leurs devrait un jour écrire : chaque jour un prévenu ou un accusé au bout d'une laisse, chaque jour une nouvelle histoire, chaque jour un déballage de mauvaise foi.

Il écoutait en hochant la tête, compatissant, ce type immonde lui expliquer comment cette gamine de treize ans pourtant déjà si femme venait se frotter contre lui. Comment un désir si ingénu et à la fois si fort parfois existe chez certaines jeunes filles.

Le jeune homme acquiesçait, se remémorant sans doute la copine de classe dont il était amoureux dans son bled du Nord. Il se laissait embobiner par ce type chauve et repoussant de cinquante ans dont les envolées romanesques étaient inspirées par les huit prochaines années qu'il allait passer au placard.

Le secrétaire arriva à son tour. Il passa devant moi comme si je n'existais pas. Comme j'osais le saluer, il me regarda comme un étron, ce que j'étais sans doute, Lumpen Avocat, qui était capable d'attendre sur sa chaise toute la journée pour peut-être même pas un rond.

Il était *vénère* comme disent les jeunes d'aujourd'hui car tout champion d'éloquence qu'il fût, il n'aimait pas être dérangé un 1er mai.

Il expliqua au pervers qu'il était poursuivi pour pédophilie et qu'il fallait faire profil bas.

L'autre parlait du grand amour : "Vous ne comprenez pas !" lui dit-il en dodelinant de la tête.

Le secrétaire émit un profond soupir.

Dans son regard, on pouvait lire quelque chose comme : "Encore un jour de fête niqué par un con qui ne veut rien comprendre et que je vais devoir me payer même pas devant la cour d'assises mais devant la 15e correctionnelle avec un public de crouilles et de retraités pour seuls admirateurs. Moi, la bête à concours pure race. Tant de traditions françaises pour cela. Des perles à un cochon."

J'attendais toujours en me répétant comme un mantra qu'il fallait que j'abandonne ce métier absurde où je devais défendre un mec tout en souhaitant de tout mon cœur qu'il parte au trou pour toucher les trois cents euros – plus soixante, prime "spécial jour de fête" – que je fixais comme une carotte depuis le matin.

Ma vie devait changer, c'était une évidence.

Puis vint l'autre confrère qui revenait de ses courses. L'avocate à qui j'avais laissé celui des trois prévenus qui sortirait sous contrôle judiciaire : le dossier sans placard, celui qui valait zéro, une journée pour rien.

Une jeune pétasse blonde avec un gros cul et un sac Rykiel d'où dépassait une bouteille d'eau minérale. Être mince avant l'été : aide-toi, Contrex t'aidera, pauvre conne !

Je l'accueillis avec un grand sourire car sa bouteille d'eau minérale m'enlevait toute mauvaise conscience de lui piquer le seul dossier payant de l'après-midi.

Et puis moi, je bois au robinet parce que c'est moins cher.

Quand je suis sorti, la place du Châtelet était plongée dans la pénombre.

Je me souviens m'être attardé sur les photos des spectacles de danse du Théâtre de la Ville. Un poussin géant qui écrasait un danseur nu avec sa grosse patte. Une grosse souris grise qui disséquait une femme nue sur un brancard alors que trois autres femmes, nues également, étaient dirigées à la baguette par une immense grenouille en peluche verte.

La racine de marronnier, l'absurdité du monde.

Pourquoi n'ai-je pas raccroché la robe ce jour-là ?

Le muguet était à moitié prix, mais à qui aurais-je bien pu l'offrir, me suis-je simplement demandé.

4

Ce matin je me réveille avec la trique, une trique phénoménale.

J'ai fait un rêve incroyable.

Je me trouve dans une piscine immense, entre deux eaux. J'avance lentement, environné de bleu. Autour de moi, des femmes nagent la brasse. Des vieilles, des jeunes, des grosses, des minces, des noires, des blanches. Aucune ne porte de maillot de bain. A chaque mouvement de jambes s'écarte devant moi tout ce que l'univers peut offrir comme nuances de chattes. Tout cela est très aquatique, majestueux.

Plus j'avance dans mon rêve, plus les femmes disparaissent au profit des chattes qui deviennent comme des espèces de seiches ou de grosses anémones qui avancent toutes seules, se propulsant par un resserrement du vagin avec de temps en temps de petites déjections blanches qui viennent troubler le bleu de l'eau. Les petites lèvres frémissent au gré du courant.

C'est très beau. Matriciel.

Je me branle. Dostom au-dessus de moi se marre.

Je lui raconte mon rêve. Ça a l'air de lui plaire car il s'y met aussi.

Des chattes albanaises en Adriatique.

Le lit superposé vibre.

Le mien se met en phase.

J'ai un coït métallique avec le gros Dostom.

– Leibowitz ! Parloir avocat ! gueule un gardien.

J'enfile mon pantalon. La journée commence bien !

En sortant, je croise une colonne de détenus qui revient de la douche et longe le mur sans un bruit.

Un de mes anciens clients me fait un signe de la main : X se disant Eno Korovik, il avait terminé sa peine mais attendait son extradition : l'Ouzbékistan, ou plutôt la mafia ouzbek le réclamait pour avoir enterré vivantes deux filles qui appartenaient au cheptel d'un autre. Je n'ai jamais compris un traître mot de ce qu'il disait. Pour ne pas être extradé vers son pays, il prétendait qu'il était albanais, alors on lui a collé un interprète albanais mais il refusait de lui parler. C'était un type d'une cruauté totale. Alors qu'il n'était employé que depuis une semaine par des proxos pour dresser les filles, celles-ci ont porté plainte, ce qu'elles ne faisaient pourtant jamais, tellement il les dérouillait. La France avait reçu une demande d'extradition sous la forme d'un torchon écrit à la main couvert de tampons pseudo-officiels. Pour en apprécier la légalité et évaluer si la peine qu'il encourait dans son pays – se faire couler dans le béton sans autre forme de procès – était conforme aux droits de l'homme, l'administration avait demandé un exemplaire traduit du code pénal ouzbek. Cela faisait plus d'un an. Comme la justice ne pouvait pas non plus le relâcher vu qu'il était capable de tout, il restait là.

Deux canons sortent de la division d'un pas pressé pour continuer leur visite. Deux collaboratrices de pénaliste. Je les reconnaîtrais à cent mille lieues à la ronde. Triées sur le volet, elles sont là pour montrer leur cul aux taulards afin que ceux-ci ne sentent pas trop passer qu'ils ont lâché dix mille euros sans voir une seule fois le grand patron.

Je vois la tête de ce brave Bertrand qui émerge du parloir. Ça y est, il m'a vu ! D'un geste amical, il m'invite à entrer.

C'est dans des endroits comme celui-ci, dans ce petit bureau de deux mètres carrés où je suis si souvent entré avec mes détenus, que je prends la mesure de mon incarcération.

– Comment ça va ?

– Écoute, pas mal. Je viens de me cobranler avec mon codétenu.

– Je préfère faire comme si je n'avais pas entendu. On dirait que tu éprouves du plaisir à être là, je me trompe ?

– Non, c'est possible. Personne ne pourra dire que je n'ai pas cherché à explorer toutes les facettes de ce métier.

– Comme Pasteur qui s'inocule la rage ?

– Oui, c'est tout à fait ça !

Bertrand, mon ami, mon seul ami, lève les yeux au ciel.

– Tu as reçu mes paquets ?

– Je soupçonne les gardiens de taper dans les chocolats. Je suis sûr qu'il manquait la rangée du haut. C'était une boîte à combien de rangées que tu m'as envoyée ?

– Nous nous égarons ! Par quoi je commence ?

– Allez, parle-moi de mes clients. Encore que, je m'en tape. Je vais être radié de toute façon.

Bertrand me regarde, silencieux. Mon assertion n'a pas l'air de lui plaire.

– Bon, allons-y alors ! Comment se sont passées les assises de Lounis ?

– Écoute, puisque tu me le demandes, nous avons frôlé l'aggravation. Tu n'aurais jamais dû faire appel. Dix-huit ans, c'était très bien. Lounis est un crétin des Alpes. J'ai essayé de le préparer avant l'audience, de lui apprendre la leçon : après avoir un peu molesté la fille pour obtenir le code de sa carte bleue, il lui aurait demandé le code de la porte d'entrée pour pouvoir sortir tirer de l'argent et rentrer à nouveau, afin de rejoindre son copain Cherkaoui. Mais quand il est revenu, Cherkaoui l'avait poignardée avec le couteau de la cuisine parce qu'elle avait essayé de s'enfuir. Comme elle nageait dans son sang, ils avaient pris peur et s'étaient sauvés. Rien ! Rien ne s'imprimait. Il a changé dix fois de version devant les jurés. J'étais effondré.

– Qui défendait Cherkaoui ?

– Virginie Fontaine.

– Ce n'est pas l'ancienne collaboratrice de Courtray de Hurron ? Une brune, mignonne ?

– Oui, c'est elle ! Elle s'est installée à son compte. Cette affaire est une ancienne commission d'office datant de l'époque où elle était secrétaire de la conférence. Elle t'a maudit d'avoir fait appel.

– Et sa plaidoirie, c'était beau ?

– C'était poussif.

- Poussif comment ?

– Poussif comme “il est pourtant de commune renommée que les communs de ces anciennes constructions parisiennes sont sonores” pour “on entend tout ce qui se passe dans l'immeuble”. Les jurés n'ont pas compris la moitié de ce qu'elle disait mais ils ont trouvé le spectacle agréable.

Bertrand était, lui aussi, un ancien secrétaire de la conférence. D'ailleurs, c'était à l'occasion des sélections de ce Star Academy de l'éloquence que je l'avais rencontré. Ses chances d'être retenu étaient inversement proportionnelles aux miennes. Issu d'une vieille famille d'universitaires, il avait fait ses armes dans le cercle ultra fermé des avocats auprès de la Cour de cassation. Il était docteur avec mention très bien pour une thèse en droit canon sur les procès en béatification. Il parlait latin couramment. Je l'aimais car sa désuétude frôlait la décadence. Il était très chic et socialement parfaitement inutile. Il ressemblait à un vieil adolescent dégingandé, un peu comme ce portrait en noir et blanc de Rimbaud par Ernest Pignon-Ernest. Il mettait dans sa tenue un soin quasi obsessionnel et se fournissait dans les magasins de seconde main de la rue de la Pompe. Il vivait des allocations familiales avec sa femme et ses cinq enfants dans un sublime appartement appartenant au domaine privé de la ville de Paris qui abritait sa famille depuis Napoléon III. Il gagnait une misère et n'avait vraiment travaillé qu'un an dans sa vie, lorsqu'il avait été justement secrétaire de la conférence et donc commis d'office sur les affaires criminelles. Bien que l'institution m'ait balayé comme un miasme d'un revers de main, nous sommes restés amis. C'était sans jalousie et avec un réel plaisir que j'avais soutenu sa candidature au dernier tour de la compétition : pour la première et sans doute la dernière fois, ils admettraient un vrai punk dans leurs rangs.

C'était Bertrand que j'avais choisi tout naturellement pour reprendre ma clientèle et assurer ma défense.

– Elle s'est installée à son compte avec un bureau avenue George V. Je crois qu'elle fait du pénal des affaires.

– Du pénal chic.

– Enfin, pas le genre de clientèle que tu m'as laissée, le genre qui donne le sein ou qui deale dans ma salle d'attente.

– Et alors ?

– Elle m'a dit qu'elle suivait un traitement contre la stérilité.

– Non, les assises !

– Oui ! La situation était catastrophique. Lounis était complètement incohérent. A un moment, alors que le Président l'interrogeait sur les faits et qu'il s'enlisait dans ses mensonges à propos de cette histoire de codes de carte et de porte, il a perdu patience et a hurlé en montrant Cherkaoui : "Puisqu'il vous dit que c'est pas moi qui ai tué la fille, vous me faites chier à la fin avec vos questions !"

– Non ! Il a pris trente ans avec ça ! C'était déjà à peine crédible comme histoire.

– Tu m'étonnes ! Cherkaoui est en adoration devant Lounis qui lui ferait dire à peu près n'importe quoi. S'il prend tout sur le dos, c'est tout simplement parce que Lounis le lui a demandé. Ils se connaissent depuis toujours et ont le même casier judiciaire. Ils ont toujours fait leurs mauvais coups ensemble. Moi, je crois qu'ils ont essayé de violer la fille à deux en la menaçant avec le couteau de cuisine mais comme elle ne s'est pas laissée faire, ils l'ont plantée. Après, ils lui ont fait les poches et ont piqué sa carte bleue. Le vol n'a jamais été le mobile dans cette histoire, mais un vol crapuleux ça passe mieux devant une cour d'assises qu'un viol crapuleux.

– Et alors ?

– Alors, j'ai eu une idée désespérée mais géniale. La partie civile a demandé au Président que l'huissier fasse circuler les photos de la victime dans la salle. C'étaient des photos de vacances où l'on voyait cette pauvre fille faire du pédalo avec sa mère et jouer avec un berger allemand. Je m'en suis saisi pour les observer, longtemps, très longtemps, jusqu'à ce que tout le monde me regarde…

Bertrand prend ses permis de visite entre ses mains pour me mimer la scène. Il fait durer le suspens, savoir-faire du père de famille qui raconte à ses enfants des histoires de monstres.

– Et alors ?

– Je me suis levé lentement, j'ai enlevé ma robe et je l'ai jetée sur le sol. Je suis sorti de la salle sans un mot. J'avais prévenu Virginie Fontaine qui ne croyait pas que j'aurais le cran de faire une chose pareille.

– Tu es fou !

– Elle a assisté les deux accusés et demandé l'indulgence pour Lounis qui n'avait plus d'avocat pour le défendre… et nous avons évité l'aggravation. J'ai même réussi à grappiller un an : Lounis a pris dix-sept ans au lieu de dix-huit. Après le verdict, je suis allé voir le Président : il était estomaqué. Il m'a félicité pendant une heure.

– Tu vas te faire une pub d'enfer à Fleury avec un truc pareil.

– Ne parle pas de malheur ! De là à ce que tous les types condamnés pour des crimes indéfendables fassent appel pour me demander de refaire le coup de la robe !

– Et Dostom ?

– Ne t'inquiète pas, je m'en occupe.

– Je tiens à ce qu'il ait une défense de ministre ! Tu penseras aux bouquins que je t'ai demandés ? En ce moment, je traduis pour lui *Madame Bovary* en albanais. Je ne suis pas sûr que ça lui plaise.

– C'est un très bon livre pour un proxénète ! Ça ne parle que de putes. Sinon, tout roule. Ah, si, tu sais quoi ? Diakaté et Kadiou sont retombés pour coke. Diakaté parce qu'il faisait essayer la marchandise à deux clients dans sa voiture devant le Queen à côté d'une bagnole de flics : ils ont trouvé deux kilos dans son coffre.

– Je suis étonné. Diakaté est un pro.

– Et bien, à présent, il se sert sur la marchandise. Je l'ai assisté lors de son interrogatoire de première comparution. Il reniflait sans arrêt.

– C'est dingue ! Je me rappelle très bien la dernière fois que je l'ai vu, c'était au café Beaubourg. Ça faisait à peine deux mois qu'il était sorti de taule et il était déjà en plein business. Il portait un cachemire bleu pâle sur lequel s'étalaient ses grosses chaînes en or. Il fumait des Times. Tu sais, ces longues cigarettes brunes pour pétasse, qu'il tenait avec ses doigts parfaitement manucurés. Il a commandé une verveine alors qu'il était neuf heures du soir et que je picolais déjà depuis deux heures.

– Et bien, cela n'a plus rien à voir. Quant à Kadiou, il s'est fait prendre avec huit cents grammes de coke plus deux cents ecstas à l'aéroport de Reykjavik.

– Un Arabe en Islande. On aura tout vu !

– Il est parti approvisionner une fête techno. Il est dans une prison de rêve, chauffée, vue sur mer, avec vingt-trois détenus, où il suit une thérapie.

– Pédé comme il est, il doit être aux anges.

– Au point de ne pas vouloir d'avocat pour le sortir, ce qui est dommage parce que je serais bien allé en Islande sur le compte de sa famille. Je peux continuer si tu veux mais le parloir n'y suffirait pas. Je propose que nous parlions de ton affaire et que nous arrêtions de tourner autour du pot.

Bertrand me regarde, grave, ce qui chez lui qui ne prend jamais rien au sérieux me met mal à l'aise.

Je lui tape sur l'épaule.

– D'accord. Maître, Maître, eh Maître, j'te donne ce que tu veux mais tu me fais sortir. Sur ma mère, j'te couvre d'or.

Du délinquant professionnel au professionnel de la délinquance.

Qu'il soit un gros poisson ou de la friture, l'homo-delictus, excepté le criminel sexuel ou le meurtrier occasionnel, fonctionne toujours selon l'équation "argent égale pouvoir". Autrement dit: plus tu mets de fric sur la table, plus les bâtards de juges ils viennent te bouffer dans la main. Ce qui était vrai pour les gros caïds l'est aussi pour les criminels en col blanc. Ils payent donc une fortune les dix mêmes avocats pénalistes, qui au passage se goinfrent d'argent, uniquement pour montrer en taule qu'ils sont quelqu'un.

C'est comme porter de la marque: il y a les Nikes et les Berluttis, les métèques hargneux et la vieille France au beau verbe. Bertrand, c'est les baskets Auchan et moi, les chaussures Tati. Mais quoi qu'on en dise, on marche aussi bien dans des chaussures Tati que dans des Nikes – surtout les Albanais, les Russes et les Ouzbeks qui n'ont rien à foutre de la marque de leurs pompes. Quant à

Bertrand, sa thèse sur la béatification lui avait rapporté un fond de clientèle de curés tripoteurs en sandales.

Nous vendons tous la même chose : du vent, du rêve, des promesses…

"Je suis allé voir ton juge d'instruction cette semaine. Je lui ai dit que ça ne peut plus durer : verse-moi deux mille euros et j'y retourne."

"Dès que la commission rogatoire sera rentrée, je déposerai une demande de mise en liberté, tu vas voir, on va se battre : c'est trois mille."

"Je crois qu'ils vont interroger ta femme. Ça se présente mal ! C'est quatre mille et je la sors de cette merde."

"Demain, c'est le renouvellement de ton mandat de dépôt. C'est comme si t'étais dehors ! C'est cinq mille !"

Détenu, je pompe ton fric. Tu m'as acheté un rêve qui dépend d'un juge que je connais à peine : manque de bol, t'es toujours en taule. C'est con, mais c'est ça aussi la double peine.

– Réponds-moi. A ton avis, quand est-ce que je vais être convoqué par le juge ?

Force était de constater que, même si je m'en défendais, la détention commençait à me peser. J'avais besoin d'action.

– Pourquoi, tu as quelque chose à ajouter à ton interrogatoire de première comparution ?

– Non, rien.

Un silence gêné s'installe entre nous.

– Écoute, je sais qu'en tant qu'ami ça ne me regarde pas, mais je suis tout de même ton avocat… Et je ne comprends toujours pas comment, pourquoi tu es là.

Pour l'argent ? Je te connais, ça ne peut pas être pour ça ! Enfin... que pour ça ! Et puis, il y a quoi dans cette enveloppe que tu m'as envoyée de Genève avec tes clefs d'appartement ?

– Des papiers confidentiels que je veux que tu me gardes.

– Je peux savoir ce que tu faisais à Genève la veille de ton arrestation ?

– Je regardais les cygnes du lac Leman en fumant des barreaux de chaise.

– Très drôle !

– Non, c'est vrai !

– Et les pseudos menaces ? Je n'y crois pas une seconde : tu n'as pas d'enfant, tu es nihiliste, tu fumes, tu picoles, tu pars en vacances dans des pays en guerre parce que tu trouves qu'il y a moins de monde. Tu fréquentes la pire des racailles et tout d'un coup tu aurais peur pour ta vie ? Je vais te dire : le juge Bartholomé fait comme nous tous. Il croit à ton histoire de menaces parce que cela le conforte dans son idée de justice de classe.

– Tu crois que c'est une bonne idée, une demande de mise en liberté ?

– Mais bien sûr ! Tu n'as pas de famille, plus de travail. Tu peux disparaître en un clin d'œil du pays. Quant au trouble à l'ordre public : tu as remis dans la nature un des quatre types qui ont tué deux convoyeurs de la Banque de France et piqué vingt millions d'euros. Le seul de la bande que la police était parvenue à choper. Si le juge te laisse sortir sous contrôle judiciaire, il n'y a plus une banque dans ce pays qui fonctionnera en moins d'une semaine. Ta libération est le paradigme même du trouble à l'ordre public. Sa quintessence. Elle est la source du chaos. Et puis il y a les menaces…

– Vu sous cet angle-là, effectivement, ça ne me laisse pas beaucoup de chance.

– Tu es dans une grosse grosse merde et encore, je suis loin du compte. Moi-même, j'ai des problèmes à cause de toi. Mes lignes de téléphone sont sur écoute. On a perquisitionné mon cabinet. Le Bâtonnier m'a convoqué deux fois pour me cuisiner. Tu sais comme il a le sens de la formule… Il est allé jusqu'à parler du *Crépuscule des dieux*.

– Non, je ne sais pas! Je ne sais même pas quelle tronche il a, le Bâtonnier. J'ai payé des centaines d'euros de cotisations pour des fêtes auxquelles personne ne m'a jamais invité, sans parler de la dîme que le barreau prélève sur mes commissions d'office. La plèbe n'a pas sa place à Versailles. Toi, l'ancien secrétaire de la conférence, tu fais partie de la noblesse de robe, ce n'est pas pareil.

– Mais si je n'étais pas secrétaire, on m'aurait mis au ban comme un lépreux. Tu es la honte des avocats, du corps judiciaire tout entier. Tu me dois une explication!

Bertrand avait raison. Dans mon égoïsme, j'avais complètement fait l'impasse sur ce qu'impliquait pour lui de m'assister.

– Je te demande pardon. C'est compliqué. Je ne suis pas sûr de savoir moi-même pourquoi je suis là. Il y a un peu de tout.

– Fais-moi une liste, alors.

J'ai promis.

Et je l'ai serré dans mes bras alors que le surveillant-chef annonçait la fin des parloirs.

Avant de me quitter, il m'a murmuré à l'oreille :
– Tu es le Marc Dutroux du barreau de Paris.

Alors que je me désape et me baisse mécaniquement…
– Tousse ! C'est bon, tu peux te rhabiller.
… je m'imagine Bertrand qui rend sa petite plaque en métal contre son permis de visite puis qui emprunte le long couloir central qui sent l'encaustique.
La lourde porte de la D2.
Encore le couloir central et ce parquet de chêne qui est ciré par les détenus depuis un siècle et demi à l'huile de coude.
La porte de la D1.
Les bureaux avec les vieilles photos aux murs où les détenus portent encore la cagoule et tournent en rond dans les cours de promenade.
Puis la sortie où un surveillant lui rend sa grosse pièce dorée, frappée aux armes de Fresnes. Cette pièce que j'ai si souvent rêvée de ramener chez moi, toute lisse à force de passer de main en main.
Enfin la cour pavée jusqu'à la petite porte qui donne vers la rue où un autre maton lui échange sa grosse pièce contre sa carte professionnelle.
Bertrand est le lapin d'Alice au Pays des Merveilles.

5

Devenir le Marc Dutroux du barreau de Paris, la source du chaos… était-ce là le bonheur mérité par l'excellence de mon âme ?

C'est assez minable, j'en ai conscience. Bien que déplaire à une institution que je contribue pourtant à faire vivre depuis le début de ma carrière mais qui se borne à ignorer mon existence soit assez jouissif. Bon, c'est vrai, cela me fait penser à cette histoire que me racontait mon père à propos d'un homme qui se vantait d'avoir dit merde à De Gaulle. Y'a pas à dire, il lui avait rivé son clou, à De Gaulle ! Et puis ?

Qu'est-ce qu'on en a à foutre.

Qu'est-ce que l'histoire en a eu à foutre ?

Qu'est-ce que De Gaulle en a eu à foutre ?

Je n'ai rien fait d'héroïque. Mais j'ai tout de même éclaboussé mes pairs de merde et je dois confier que j'en retire une satisfaction de mauvais élève.

Après tout, on a les satisfactions que l'on peut.

Je me vois mal expliquer à Bertrand que j'ai fait évader David Sellem pour cette simple raison. Malheureusement, je crains qu'il y ait aussi un peu de cela dans la motivation profonde de mon acte.

L'histoire a commencé peu après mon 1er mai nauséeux, vers le mois de juillet de l'année dernière.

J'étais encore commis d'office, cette fois pour les comparutions immédiates. Un de ces jours banals qui s'égrènent comme un inventaire à la Prévert : une pute, un cambrioleur, un mari qui bat sa femme, un mec bourré, un autre mec bourré, un type qui a volé dans un sac, un tagueur récidiviste, un voleur d'autoradios…

… Quand un des collaborateurs du cabinet de Dalil Lakdar, Alexandre Libner, est venu me voir après que j'eus plaidé de manière assez passable, je dois dire, pour deux Russes pris en flag en train de vendre des fausses places pour la finale hommes de Roland Garros.

J'avais déjà vu Libner. C'était un petit jeune de vingt-cinq ans aux dents longues, encore capable de ne dormir que quatre heures par nuit après une matinée en taule, un déféré à l'heure du déjeuner, deux audiences l'après-midi, la réception des clients le soir et le Cercle de Jeu, à tenir le crachoir au patron et à ses putes, la nuit.

Un des clones de Lakdar : costume de mafiosi noir à fines rayures et cheveux luisants de Pento, les Berluttis et la Rolex Oyster or et diamants en moins.

– Je passais chercher un résultat quand je vous ai entendu, cher confrère. Vous avez été brillant. Je tenais à vous en féliciter, me fit-il, sirupeux.

Je l'avais regardé partir assez perplexe car il était inusité d'entendre des compliments gratuits émanant d'un autre avocat ; en particulier lorsque celui-ci était un des nervis pressés de Lakdar.

Ah ! Dalil Lakdar ! Un avocat que personne n'avait vu venir. Surtout pas moi !

L'homme par qui le scandale est arrivé.

Fils d'un militaire algérien, une huile déchue qui avait trampouillé comme les autres dans des scandales financiers, il avait grandi dans une cité, conduit sa première GTI à quatorze ans, dealé son premier kilo de poudre à seize, blanchi son casier à dix-huit avant de faire ses études de droit. Lakdar était un malin qui avait toujours réussi à faire punir les autres à sa place. Aujourd'hui, il avait à peine trente ans et déjà trois collaborateurs et un cabinet place du Trocadéro. Il défendait tout ce que le 93 comptait comme trafiquants de stups. Il leur pompait un maximum d'argent mais en contrepartie leur offrait un service sur mesure. Il était réputé, entre autres, pour envoyer lors des arrestations ses sbires faire le ménage chez les grossistes afin que la came ne finisse pas dans les chiottes, que les puces des téléphones portables ne racontent pas leur histoire et que la police ne retrouve surtout rien.

A l'époque où je ne le connaissais pas encore intimement, je n'avais aucune opinion sur Lakdar, contrairement à l'ensemble de mes confrères pénalistes qui le détestaient, certains, j'en suis sûr, sans même l'avoir rencontré. Chacun y allait de sa raison : on lui reprochait d'être copain avec ses clients, d'être totalement malhonnête, d'être inculte, de ne s'intéresser qu'au fric, de ne pas respecter la déontologie, de défendre des types ultra violents.

Quantité de bruits, voire de légendes, couraient sur son compte.

L'une d'elles était parvenue jusqu'à moi à l'occasion d'un dossier sur lequel j'avais été commis d'office.

Il y avait un type, que j'ai d'ailleurs revu par la suite, qui était poursuivi pour recel parce que la police avait trouvé dans le coffre de la Clio qu'il conduisait, à l'occasion d'un banal contrôle, vingt lingots d'or. J'étais évidemment pour le proprio du véhicule qui n'avait pas un radis pour se payer un avocat. Il n'y était pour rien. Sa participation à l'affaire n'avait consisté qu'à prêter la voiture à son pote. Une information avait été ouverte pour enquêter sur la provenance de cet or. Le juge d'instruction, M. Martin, avait mis mon client sous contrôle judiciaire. Celui de Lakdar, qui s'obstinait à dire qu'il s'agissait des économies de sa grand-mère, était resté en taule. Peut-être trois mois plus tard, alors que par hasard je croisais le juge Martin devant la machine à café et que je lui demandais où en était ce curieux dossier, celui-ci me répondit qu'il serait bien obligé de libérer le type à un moment ou à un autre et de lui rendre son or parce qu'il ne pensait pas parvenir à en démontrer l'origine frauduleuse. Le recel ne tenant pas, le type ne pouvait que sortir.

Peu de temps après courut une rumeur selon laquelle maître Lakdar, par l'odeur de l'or alléché, aurait servi au prévenu le mensonge suivant: "Ton père et mon père, ils prient à la même mosquée, alors tu vois, ce juge, et bien sa femme, elle a été mutée dans le Sud et il a bien envie de déménager pour aller la rejoindre. Mais les déménagements, ça coûte cher. Il m'a demandé cent vingt mille euros pour te faire sortir mais comme ton père, c'est mon ami, j'ai emporté l'affaire à cent mille."

Le type, qui était en fait un trafiquant, aurait donné les cent mille à Lakdar sans broncher et serait sorti persuadé que ce dernier avait acheté sa liberté alors que celle-ci allait de soi.

Pauvre M. Martin. Lui qui est à ce point honnête qu'il n'accepterait même pas qu'un avocat lui offre un café.

A l'époque, je m'étais dit que cette histoire ne tenait pas debout.

Non pas parce que Lakdar avait monnayé un service qu'il n'avait pas rendu ; ça, ça ne m'étonnait pas. D'ailleurs, pour être honnête, nous le faisions tous plus ou moins. Peut-être pas comme ça, avec un gros mensonge pour une grosse somme.

Nous faisions plutôt de petits mensonges pour de petites enveloppes : "J'ai travaillé le juge au corps, il en a tellement assez de me voir dans son bureau que je sens qu'il va lâcher prise…" Que l'avocat s'excite ou pas, le temps aidant, le type finirait par sortir de toute façon.

Non, cette histoire ne tenait pas debout parce que le type était juif et que son père n'allait donc pas à la mosquée avec celui de Lakdar. Parce que le montant des sommes me semblait exagéré et que cette histoire de juge corrompu me paraissait trop grosse pour être avalée. Tout cela avait l'air d'avoir été mis à la sauce orientale pour rendre le récit bien choquant.

Mais à l'époque, je ne connaissais Lakdar que de nom. Aujourd'hui, c'est différent.

Quoi qu'il en soit, mon analyse reste inchangée : certes, c'est un enculé de première, mais si mes confrères ne l'aiment pas, c'est avant tout parce qu'il est le seul pénaliste à ne pas exercer son métier de manière pathologique.

Jacques Vergès disait qu'il préférait la vulgarité d'un reportage de *Détective* au plus beau prêche humaniste parce que l'un sentait le sexe, l'autre puait le moisi.

Nous sommes tous d'accord sur ce point : c'est pour cela que nous exerçons ce métier, pour les sensations fortes qu'il procure.

Tous, sauf Dalil Lakdar.

Le pourquoi du comment, il n'en a rien à foutre. Il est l'expression de l'ultra-libéralisme. C'est à mon sens la seule chose qu'on pourrait lui reprocher : d'être la quintessence même de la vulgarité. Il est comme ses clients, qui soit dit en passant s'apparentent autant aux truands des films d'Audiard qu'un tableau de Botticelli à un tag.

Il veut simplement gagner de l'argent. Il fonctionne froidement, avec des ratios : x kilos de coke dans le dossier égalent y kilos trafiqués dans le passé, égalent z honoraires. Il se sert là où il y a à prendre, calmement, sans considérations philosophiques.

Si Di Marco choisissait pour illustrer le crime à la une du magazine *Détective* des types de dix-neuf ans dans des BM, avec des téléphones portables accrochés comme des ornements tribaux autour du cou et des Nikes à trois cents euros aux pieds, nous verrions bien si Vergès trouverait toujours cela aussi excitant. Mais c'est le signe des temps.

Détester Lakdar a autant de sens que la lutte d'un commerçant de quartier contre une chaîne d'hypermarchés. Une lutte juste, mais perdue d'avance. Je suis persuadé qu'il représente malheureusement l'avenir de la profession et de la criminalité.

Une vraie merde !

Mais je suis d'accord avec mes ex-confrères sur un point : il finira mal, immolé par le feu ou au fond de la Seine, les pieds dans le béton.

Et puis, ce curieux événement s'était reproduit vers le mois de septembre, juste après la rentrée.

C'était à l'occasion d'une association de malfaiteurs: la brigade de répression du banditisme suivait depuis deux mois des braqueurs à domicile qui tournaient autour d'un appartement du XVIe appartenant à la femme d'un ministre camerounais qui y stockait tout ce qu'elle et son mari avaient réussi à piquer à leur peuple de miséreux sur plusieurs années: il y avait des bijoux mais également plus de deux millions d'euros en liquide.

Moi, j'étais comme d'habitude pour le plus con: le chauffeur de la camionnette. Comme les flics avaient été repérés, ils avaient dû intervenir avant que la bande ne disparaisse dans la nature. Le mien avait tout déballé en garde à vue alors que le dossier était vide et qu'aucune infraction n'avait encore été commise.

Lakdar défendait le chef et avait placé deux de ses affidés pour défendre le reste de la bande.

Alors que je plaidais en premier parce que le mien avait un casier minable, je voyais que Lakdar me fixait avec ses yeux brillants de fouine du désert. Puis il a pris la parole.

Je l'ai toujours trouvé nul. Il me faisait penser à ce que me disait le Ioda, mon maître de stage. "Si tu n'as rien à dire; peu importe, gueule! Les clients sont en général tellement cons qu'ils te diront à la fin: 'Maître, putain, vous leur avez fait manger la gamelle, aux juges'. Ils te feront une pub d'enfer en taule alors que ton arrogance leur aura fait prendre le maximum."

Quand enfin il s'est arrêté de beugler, il m'a pris par le bras et, comme si nous étions les meilleurs amis du monde, m'a entraîné à la buvette du Palais tout en me passant de la pommade.

J'ai à peine écouté ce qu'il m'a dit tellement j'étais étonné qu'il me témoigne tant d'empathie alors que je savais pertinemment qu'il me prenait pour un con – ce que j'étais forcément à ses yeux, puisque je gagnais moins d'argent que lui.

Il me fit contre toute attente une offre intéressante : il voulait que je me joigne à son réseau de pourris.

Lorsqu'il y avait plusieurs prévenus dans un dossier lourd, le juge d'instruction multipliait les interrogatoires et les confrontations afin d'obtenir une version qui tienne la route. Cette version n'était pas forcément la vérité mais une histoire : l'histoire que le juge voulait entendre. Le travail subtil de l'avocat, c'était de deviner laquelle.

Le pire qui puisse arriver dans cette situation était qu'un des prévenus de la bande prenne un avocat qui le défende lui seul, sans tenir compte des autres. C'était physique, cela créait un déséquilibre.

Soit A et A', les deux extrémités d'une droite : si A monte, A' plonge.

Un des services extrêmement appréciés de Lakdar était qu'il offrait une défense groupée de x avocats indépendants, sans aucun lien apparent entre eux, qui bâtissaient un mensonge commun afin de donner du grain à moudre au juge. Juste ce qu'il fallait ; pas plus, pas moins.

Évidemment, je n'ai pas hésité une seconde et j'ai accepté sa proposition. J'étais payé directement par le client mais c'était toujours Lakdar qui négociait mes honoraires avec le chef. Tout le bénéfice était pour moi puisque jamais, même dans mes rêves, je n'avais osé pratiquer de tels tarifs avec ma clientèle de miséreux proxos.

Il s'agissait de très beaux dossiers : de gros braquages avec plein d'argent dehors, de gros trafics en tout genre · des stups, bien entendu, mais aussi des produits de dopage, des armes, des voitures de luxe, des cigarettes et même un peu de terrorisme islamique.

En huit mois, mes rentrées d'argent connurent une hausse phénoménale. J'ai refait la déco de mon appart, je me suis payé une voiture à soixante mille euros, des week-ends dans des Relais et Châteaux avec des filles très très connes et un abonnement à la piscine du Ritz où je n'ai jamais foutu les pieds vu que je déteste le sport.

La seule ombre au tableau était que je devais me taper régulièrement sa tête de fouine gominée lorsque je venais au rapport avec toujours cette impression diffuse d'être pris pour un con, mais cela n'était pas grand-chose au regard du reste.

Je roule en Cadillac dans les rues de Paris
Depuis que j'ai compris la vie
J'ai un petit hôtel, trois domestiques et un chauffeur
Et les flics me saluent comme un des leurs...

Je m'approchais enfin du genre de bonheur mérité par l'excellence de mon âme. Je m'en approchais sûrement plus qu'en étant commis d'office pour des gamins de douze ans qui ont sodomisé leur voisine de palier de dix avec une bouteille de Champomy à la fin d'un anniversaire.

Qu'est-ce que j'étais content ! Pas une seule fois, je ne me suis posé la question de savoir pourquoi Lakdar était venu me chercher, moi, Christophe Leibowitz, pour l'épauler dans son travail. Mon Dieu, quel con prétentieux je faisais.

Oui, comment vais-je expliquer tout cela à Bertrand ?

6

Les jours passent et se ressemblent.

Sept heures.

Un “porte-clefs” déverrouille la porte en bois qui sépare la grille de notre cellule du couloir extérieur. Un “debout, tas de merde!” ou quelque chose d’approchant nous éveille à cette nouvelle journée qui commence.

Le règlement oblige ce pauvre homme à obtenir une réponse avant de passer à la cellule suivante afin de s’assurer que l’un de nous ne s’est pas suicidé pendant la nuit. Le jeu est de ne pas répondre et d’attendre qu’il se mette vraiment à gueuler comme un dingue.

Surveillant de prison, osez un métier différent! L’inconvénient à Fresnes, c’est qu’il s’agit d’une prison-école. Et qui dit école, dit notes et donc excès de zèle, ce qui en matière carcérale laisse présager le pire comme le meilleur. Le pire, c’est un pointillisme obsessionnel par rapport à un règlement intérieur datant de 1839 que Fresnes, établissement mythique de la discipline pénitentiaire, est encore la seule à appliquer. On citera pêle-mêle la règle du silence, la marche en colonne contre les murs, les incessantes fouilles à poil où l’on doit se baisser, montrer sa rondelle et tousser, plus une quantité de trucs complètement dépassés.

Dans la ligne de mire de la désobéissance, il y a le mitard surnommé la Chambre froide, une de ces exceptions culturelles qui placent la France devant la Turquie pour ce qui est du nombre de condamnations par la Cour européenne des droits de l'homme pour traitements inhumains et dégradants.

Le meilleur, c'est que les surveillants à Fresnes ne font pas de vieux os. Ici, pas de monstres inamovibles attendant la retraite, de carnes plus cruelles que le plus cruel des détenus.

Huit heures.

Un prisonnier nous sert un petit-déjeuner : une miche de pain et une chicorée froide. Pas de café, ça énerve. Il est à noter que la quantité de pain est toujours la même depuis le XIXe siècle : quatre cents grammes par détenu. Je cantine de la confiture de myrtilles, pas en pot de verre : ça coupe.

Aujourd'hui, il fait beau, une de ces fraîches journées d'automne avec un beau soleil qui chauffe juste ce qu'il faut. Dostom et moi décidons de partir en promenade. Nous sortons de notre petit chez-nous pour aller tourner dans une cour de sept sur dix. Au-dessus de notre tête, des rats font de l'équilibrisme sur un filet de fer.

Depuis quelques jours, ils sont très actifs car ils préparent leur hiver. Fresnes est, dit-on, le plus grand élevage de rats français. Pas plus tard que la semaine dernière, il y en a un qui a mordu un détenu aux fesses alors qu'il était assis innocemment sur le trône des toilettes. Ils remontent par les canalisations et il n'est pas rare de voir des gaspards longs comme mon avant-bras se dandiner devant nos cellules.

Dès que Dostom me quitte pour aller bavarder avec ses copains slaves, je suis assailli comme à l'accoutumée par deux ou trois détenus qui m'entretiennent de questions de procédure pénale aussi passionnantes que : il y a un maton qui lit systématiquement les *France Football* que je cantine avant de me les donner, ce qui fait que j'ai toujours les résultats des matchs avec trois jours de retard. *Quid Juris*?

Ô malheur ! L'autonomiste breton s'approche de moi. Le directeur a dû le mettre en D3 avec les Slaves parce qu'il est étranger. Ce type me fait chier mais j'ai pitié de lui car je sais qu'il souffre. C'est un "prisonnier politique".

– Ça va ?

– Oui, on fait aller... Tant qu'il me reste mes souvenirs et mes idées, je peux toujours y puiser la volonté de continuer à lutter pour la liberté de mon peuple, me dit-il d'un air triste tout en pointant sa tête du doigt.

– Ah, bien ! Super !

Contrairement à moi, il n'est pas familier des proxos, des meurtriers, des dealers et des pointeurs. Il me dit qu'à Plusquellec, le bled d'où il vient, personne ne pourrait même s'imaginer qu'il y eût tant de noirceur en ce monde. Je sais qu'il endure un calvaire car je l'entends crier et pleurer la nuit alors qu'il se fait enculer par un gros rappeur noir qui ne sait même pas où est Brest. C'est parce qu'il est dans une logique compliquée de martyr de la cause bretonne qu'il ne porte pas plainte contre ce porc.

Dostom me libère du Breton en me signalant que c'est le jour et l'heure d'une de nos trois douches réglementaires de l'article D 358 du code de procédure pénale.

Une douche froide, évidemment, non pas parce qu'il n'y a plus d'eau chaude mais parce qu'à Fresnes, il n'y a jamais eu l'eau chaude.

Midi, déjeuner.

Dostom fait réchauffer nos petites barquettes sur le réchaud.

Parfois nous mangeons ce qu'on nous sert dans les roulantes. C'est dégueulasse, mais au moins, ici, nous ne crevons pas de faim comme dans les prisons où les repas sont préparés par un concessionnaire extérieur. Dans les nouveaux établissements, des plateaux-repas, conformes à l'article D 354 du code, présentent une bouffe calibrée à l'apport calorique scientifiquement calculé. C'est gai comme de la nourriture d'hôpital sauf qu'à l'hôpital, l'idée, c'est de tout faire pour dégoûter le malade afin qu'il déguerpisse.

Un trafiquant de stups professionnel, qui avait pratiquement fait toutes les taules de la région parisienne et qui a eu le temps d'envisager tous les aspects de la question, m'a expliqué que la portion de frites était de cent dix grammes en gestion déléguée et de quatre cents grammes en gestion interne. Dans les nouvelles prisons, les balèzes crèvent de faim tous les jours alors qu'ici, entre les frites et le pain, nous devenons gras comme des loches.

Quatorze heures.

En général, nous regardons la télé. A vingt-cinq euros la semaine, nous avons intérêt à l'amortir. Mais aujourd'hui, mon ami Dostom est d'humeur causante. Me voyant bouquiner *L'Éducation sentimentale*, voilà-t'il pas qu'il s'inquiète de la destinée de Frédéric Moreau.

On aura tout vu !

– Il est avec même femme qu'Arnoux.

Et comme il a l'air perdu :

– Pas Mme Arnoux, la femme qu'il aime. Non ! Partagent même pute dans appartement.

– Bordel ?

– Non, pas bordel. Appartement. C'est des filles qui travaillent au théâtre et qui sont putes aussi. On dit pas que c'est des putes parce qu'elles ont un homme, un client, celui qui paye le plus. Un riche. Paye l'appartement et robe, bijoux, choses chères.

– Pas tarif ?

– Pas tarif !

Non, la Vatnaz ne prenait pas vingt euros la pipe, cinquante, le grand jeu. Mais c'était quand même une pute ; le SIDA et la générosité en moins.

Il était temps que Bertrand me dégote des livres en albanais, si possible d'auteurs un peu plus rock'n'roll que Flaubert. Je soupçonne mon compagnon d'être un type fleur bleue qui aime les histoires qui se terminent bien.

Seize heures.

Alors que Dragan prépare le goûter, un surveillant m'apporte un télégramme de Bertrand. Il me prévient que le juge d'instruction me fera extraire dans six jours pour m'entendre. Le juge Norbert Bartholomé. Mais qu'est-ce qu'il peut bien avoir à me demander ?

Je me souviens de sa nomination. C'était il y a huit ans à peu près.

Il venait d'être muté à Paris du tribunal d'Avesnes-sur-Helpe, ce bled quasi belge et complètement inconnu qui avait, contre toute apparence, une grande activité judiciaire puisque c'était là que les douanes faisaient descendre les trafiquants de stups qui revenaient d'Amsterdam.

Norbert Bartholomé, toutes choses égales par ailleurs, était un bon juge. Il était franc, pas moralisateur pour deux sous et même assez fin. Comme il était pied-noir, il gueulait très fort sur les prévenus et les flics, ce qui avait pour avantage de faire avancer les instructions au pas de charge et d'écourter d'autant les délais de détention provisoire. Je l'avais eu dans plusieurs dossiers et chaque fois j'en avais gardé un bon souvenir. Cette fois, le dossier, c'était moi. L'interrogatoire de première comparution avait été rapide. Bertrand, qui était en état de choc et ne parvenait à dire qu'une seule chose après avoir vu l'état de mon visage à l'issue de la garde à vue – "Bon Dieu, Christophe, pourquoi ?" – était rentré chez Bartholomé au bord des larmes en expliquant à quel point j'avais été menacé et à quel point je l'étais encore.

– Qui vous a mis dans cet état ? Pas la police, j'espère.

– Non, ils ont été très corrects. Ce sont les gardiens de Fleury.

– Il faut les comprendre. Sellem s'est échappé sous leur nez. C'est une faute de négligence inacceptable. Il paraît que vous lui ressemblez beaucoup, mais là, vu votre état, il m'est difficile d'en juger. Avez-vous quelque chose de particulier à me dire ?

– J'ai été menacé !

– Je vous ai vu quand pour la dernière fois ?

– L'affaire Perrez : la séquestration dans le coffre d'une voiture du type qui avait organisé un faux cambriolage mais qui avait vraiment détroussé son beau-frère trafiquant de stups. Vous avez beaucoup crié contre Perrez quand il vous a dit qu'il avait été payé seulement cent cinquante euros pour avoir enfermé et surveillé le type trois jours dans un box de parking. Vous lui avez demandé pourquoi, quand vous cherchiez un peintre ou une femme de ménage que vous vouliez déclarer, vous ne trouviez personne.

– Oui, oui, je me rappelle! Je ne trouve toujours personne: les Portugais ne veulent plus travailler qu'au noir. Et vous, combien on vous a proposé pour que vous acceptiez de vous mettre dans une histoire pareille?

– Rien! J'ai été menacé.

– Oui, je vois... Je me suis laissé dire que vous aviez des problèmes ces derniers temps. Quoi qu'il en soit, je pense que vous comprendrez aisément pourquoi je ne peux qu'approuver les réquisitions du procureur de vous placer sous mandat de dépôt. Nous allons attendre quelques mois que les choses se tassent et peut-être, qui sait, la police retrouvera entre-temps David Sellem. Après, nous déciderons de ce que nous allons faire de vous. D'accord?

– Oui, oui! Merci monsieur le juge, avait balbutié Bertrand.

– Pourquoi tu le remercies? Je vais au trou!

Laurel et Hardy au tribunal: le juge avait souri.

Bertrand avait peut-être raison lorsqu'il me disait que cela apportait à Bartholomé un certain confort moral de me croire menacé. Je pense que les magistrats sont parfaitement conscients d'avoir affaire quotidiennement à des brebis galeuses, mais pour des raisons tenant à la peur du scandale, à la solidarité de classe et au fait surtout que nous ayons essuyé nos fonds de pantalon sur le banc des mêmes facultés, ils refusent d'en tirer les conclusions qui s'imposent.

Et si je lui racontais tous les coups dans lesquels j'ai trempé avec Lakdar? Cela ferait économiser un temps précieux à pas mal de juges d'instruction. Je sais quoi transite où et où transite quoi, qui vend quoi à qui, qui est le cousin de qui, d'où vient quoi… Et depuis peu, je sais plein d'autres choses très intéressantes. Peut-être veut-il me faire extraire dans six jours pour m'annoncer qu'il a enfin trouvé une femme de ménage portugaise qui accepte d'être déclarée ?

L'affaire du braquage de la Banque de France, Lakdar en avait hérité parce que Sellem, le seul de la bande à s'être fait serrer, était un ami d'enfance.

C'était un dossier chaud. La mort des deux convoyeurs avait entraîné une grève nationale d'approvisionnement des banques, paralysant l'économie pendant plus d'un mois. Une raison supplémentaire pour toute la profession de le détester encore plus et cela, non pas parce qu'il défendait un méchant, mais parce que les pénalistes étaient jaloux. Ce n'était pas qu'une affaire médiatique. Loin de là. L'attrayant dans cette histoire, c'étaient les vingt millions d'euros qui avaient disparu dans la nature. Cela laissait libre cours à l'imagination de mes confrères quant au montant astronomique des honoraires que Lakdar allait toucher sur ce coup.

Sur les quatre braqueurs, trois avaient réussi à s'échapper. Comme ils étaient masqués d'un bout à l'autre de l'opération, ils étaient impossibles à identifier. Seul Sellem avait été retrouvé, parce qu'il avait été balancé par sa bonne femme pour une banale histoire de cul. Pour étayer ses propos, elle avait indiqué à la police où se trouvait le matériel qui avait servi au casse.

Les assises avaient eu lieu quelques mois avant que je ne travaille pour Lakdar et il y avait pris perpète.

C'était une peine très lourde si on tenait compte du fait que ce n'était pas lui qui avait tiré sur les convoyeurs. Mais si ce n'est toi, c'est donc ton frère et, sur ce point, il était resté parfaitement silencieux. Il avait fait appel.

En attendant que son affaire soit audiencée, il avait été écroué à Fleury où l'administration pénitentiaire lui faisait les pires misères de peur qu'il ne s'échappe.

La configuration était idéale : il avait été condamné à la peine maximale et n'avait donc rien à perdre à tenter une évasion, aidé par le reste de la bande qui était encore dehors avec l'argent.

Mais ce qui s'expliquait peut-être dans les faits était inacceptable au regard du droit pénal car s'agissant d'un prisonnier modèle, rien ne justifiait qu'il fût perpétuellement à l'isolement et entravé par des chaînes lors de ses déplacements hors de la prison.

Lakdar avait fait faire un permis de visite à mon nom et m'avait envoyé le voir pour régler la situation carcérale sur place. Je me rappelle avoir trouvé ça curieux car il s'agissait typiquement d'un travail de collaborateur. Moi, avocat indépendant, j'allais lui facturer trois cents euros pour la visite, ce que je trouvais assez cher pour aller écouter les doléances d'un détenu.

Me voilà donc parti pour Fleury à la rencontre de David Sellem. Nous étions début mai, – un an, jour pour jour, après la révélation qui avait failli me faire démissionner du barreau. J'aurais dû me méfier.

Ce jour, je ne suis pas près de l'oublier.

Je l'attendais dans les boxes du parloir avocats de la D2. De l'intérieur me parvenait le bruit des gardiens qui vérifiaient plutôt deux fois qu'une sa carte de détenu. A l'instant où il m'est apparu, le ciel m'est tombé sur la tête.

David Sellem était mon sosie.

Alors qu'il me regardait en souriant sans dire un mot, j'ai tout compris. J'ai compris pourquoi Lakdar était venu me chercher dans ma merde. J'ai compris comment et pourquoi il m'avait permis de tremper dans la sienne.

– La moitié de ma part, soit deux millions d'euros sur un compte en Suisse. Mes amis vous accompagneront, vous ouvrez le compte vous-même, vous y déposez la somme et vous revenez me voir pour faire l'échange.

Mon cerveau avait bugué. Plus un son ne sortait de ma bouche. Après un long silence, Sellem mit sa main sur la mienne, ce qui me fit sursauter.

– Ça ne marchera jamais, parvins-je à articuler.

– Mais bien sûr que si, ça marchera. En plus, Fleury a mis en place la reconnaissance numérique des empreintes à la sortie des parloirs. Des parloirs familles, pas des parloirs avocats. Personne ne se méfie de vous. Je me demande vraiment pourquoi !

Il rit. En plus, il avait l'air de tout sauf d'un crétin. En d'autres circonstances, j'aurais apprécié sa présence mais là… j'étais… dépassé.

– Excusez-moi. Je vais vous laisser… Surveillant…

Je me mis à gueuler, hystérique.

– Je sais, ce n'est pas facile, me dit Sellem d'une voix douce, presque compatissante, avant de retourner lui-même à l'intérieur de la division.

J'entendais les portes se refermer sur lui alors que je fuyais.

Je me rappelle avoir pris l'autoroute pour rentrer de Fleury à Paris, la radio à fond pour ne pas m'entendre penser.

"Warm up et ouverture des hostilités avec DJ Streambug. En guest, DJ Résident a invité Radium Baltramir de la Bollywood Confederation pour trois heures de maximix non-stop. Entrée gratuite pour les filles... Bonne nuit, les happy few..."

"This is HTVI, *Happy TV International, bring you happy news from around the world 24 hours a day..."*

Des messages de liberté...

Je me sentais comme une fille qui vient de se faire violer dans un parking et qui écoute dans sa voiture une chanson d'amour avec du sperme qui lui dégouline sur les cuisses.

Je suis rentré dans mon joli appartement décoré de neuf et me suis assis sur mon lit en regardant longuement autour de moi comme si j'étais là pour la dernière fois. La panique sourde qui m'avait envahi m'empêchait de réfléchir.

Mon téléphone portable se mit à sonner: le numéro de Lakdar clignota avec entêtement sur le petit écran. Je le fixai comme un mulot fixe un crotale jusqu'à ce que le bruit s'arrête enfin. La fouine ne laissa pas de message.

Je me suis couché tout habillé et me suis endormi.

Le lendemain, les choses avaient repris leur place. Cette histoire de substitution m'apparaissait comme un vilain cauchemar. Personne ne pouvait m'obliger à faire ça, surtout pas cette crapule de Lakdar.

Certes, je m'étais laissé mouiller dans ses combines mais j'en savais autant sur lui que lui sur moi. Je n'avais pas de famille à menacer et si je me faisais dessouder, la substitution ne pourrait plus avoir lieu.

Je pris mon code pénal.

Évasion : articles 434-27 à 434-37.

Je savais que le droit pénal français accordait au détenu un droit à l'évasion. Si celle-ci n'était pas accompagnée de violence ou de corruption ni de bris d'un dispositif de fermeture, elle n'était pas punissable.

Le Basque qui s'était substitué au parloir famille de la prison de la Santé à son frère, membre de l'ETA, n'avait pu être poursuivi par la justice qui avait dû le relâcher.

Ce crime parfait avait suscité la consternation du garde des Sceaux qui avait réclamé sur l'heure que les prisons soient dotées d'un système de reconnaissance biométrique. Jusqu'à cet épisode, les détenus qui allaient au parloir étaient marqués avec une encre qui se révélait aux rayons ultraviolets. C'était le même procédé complètement con utilisé dans les boîtes de nuit de province : il suffisait de reproduire la marque par simple application de la main du détenu sur celle de son visiteur.

Le système de reconnaissance biométrique, totalement infaillible, consistait à établir une carte d'identité d'un prisonnier en scannant ses mains le jour de sa mise sous écrou.

Mais aucun dispositif n'existait pour le retour du parloir avocats, puisque le détenu, pour nous voir, restait dans sa division.

Mais il y avait l'article 434-33 : *Est puni de dix ans d'emprisonnement et de 150 000 € d'amende le fait par toute personne habilitée par ses fonctions à pénétrer dans un établissement pénitentiaire ou à approcher à quelque titre que ce soit des détenus, de faciliter ou de préparer leur évasion.*

En bref, un avocat qui se substituait à son client risquait dix ans de taule.

Dix ans ! C'était dissuasif.

Je pris mon téléphone pour appeler cet enculé de Lakdar.

– Deux millions d'euros sur un compte en Suisse, putain de veinard, j'aimerais bien être à ta place. Même dans tes rêves, tu ne pourrais pas imaginer gagner un tel fric avec tes clients à la con.

Je ne sais pour quelle raison, je m'attendais à avoir avec lui une conversation, un échange, un débat. Que nous discutions de cette histoire de substitution. Quel crétin je faisais ! Il analysait la situation avec son bon sens d'ultra-libéral. Y avait du fric à se faire. Point.

– Dix ans…

– Attends, tu sais très bien que tu ne prendras pas dix ans. T'as qu'à dire qu'on t'a menacé. Tu ne sors plus de chez toi, tu rates tes audiences et quand tes confrères te demandent pourquoi t'es pas venu, tu dis que t'as de super emmerdes. Tu prends des rendez-vous avec deux ou trois membres du Conseil de l'Ordre que tu annules à chaque fois au dernier moment. Tu fais le type confus qui fera dire aux autres : nous sentions bien qu'il voulait se confier à nous mais il avait peur. Bref, tu vois l'ambiance ?

– Tu touches combien sur ce coup ?

– Une misère ! C'est juste pour rendre service. Sellem, c'est mon ami.

– Qui te dit que l'argent m'intéresse ?

– Parce que tu ne serais pas là comme un crevard à faire des commissions d'office si tu n'avais pas besoin d'argent. J'ai appris à te connaître et je sais que t'es pas un con. Personne n'a envie de trimer alors qu'il n'y est pas obligé. Avec ce fric, tu peux aller vivre où tu veux, faire ce que tu veux. T'as gagné au Loto, mon pote.

– Qu'est-ce qui est arrivé à la fille qui a balancé Sellem ?

Je fus surpris de ma question. Le sort de cette malheureuse m'était inconsciemment venu à l'esprit car mon cerveau, inspiré par l'instinct de conservation, l'avait associé au mien.

– Sa famille l'a cachée dans un coin d'Israël tellement pourri que même les Juifs, ils veulent pas y aller lui faire la peau… *Allah yatekoum char* ! Mais au fait, Leibowitz, c'est juif. T'es un putain de Juif, toi aussi !

– Leibowitz-Berthier ! Je ne suis pas juif. Je ne suis rien.

– Comment ça, t'es rien ? On est toujours quelque chose. T'es un putain de Juif honteux, voilà ce que tu es ! Moi, tu vois, je suis arabe. On dit que les Arabes et les Juifs, ils ne se comprennent pas. Mais on a tort ! Pour le boulot, y'a jamais eu de lézard.

– Juif, c'est quand on se sent juif. Moi je ne me sens rien. Et puis je n'ai pas envie d'aller en taule.

Il se mit à hurler…

– Tu vas te sentir comme un putain de Juif, sale youpin de merde ! T'es juif ! T'es un putain de Juif ! Comme Sellem avec qui t'as une putain de ressemblance et que tu vas sortir de la merde, bordel !

Et il m'a raccroché au nez. Puis il m'a débarqué de tous ses dossiers. Et mon chiffre d'affaires a été réduit à néant.

Pour ne rien arranger, depuis les nouvelles lois incriminant le racolage passif, le proxénétisme cessait d'être un créneau porteur. Les flics avaient reçu comme consigne du ministère de l'Intérieur de harceler les putes. Une solution typiquement française : on n'interdit pas, on décourage. Opération réussie : comme les types en ont eu vite marre de se faire sucer sous les sunlights des lampes torche de la police, le tapin ne faisait plus recette et les proxos fermaient boutique.

Quelle tristesse !

N'ayant plus les moyens de me taper de belles connes, je dus me rabattre sur mes vieilles amours : les anorexiques surdiplômées de Saint-Germain-des-Prés et… les commissions d'office.

La dèche totale.

7

Sept heures.

Alors que Dostom nous préparait tranquillement une spécialité albanaise pour le dîner, un mec de la D3, un petit dealer de merde qui s'était vanté auprès de moi d'être un client de Lakdar mais dont je n'avais jamais entendu parler, a mis pour une raison obscure le feu à son matelas, juste en face de notre cellule.

Rapidement, une épaisse fumée âcre a envahi la division qui a dû être évacuée d'urgence.

Lorsque nous sommes revenus dans nos cellules, celles qui jouxtaient l'endroit d'où était parti le feu sentaient trop fort le brûlé pour que nous y passions la nuit. Les surveillants nous ont donc répartis où ils pouvaient et nous ont envoyés en D2.

Mon compagnon et moi avons atterri dans une cellule pour deux avec un pointeur qui nous a regardés envahir son espace vital d'un sale œil.

J'espère que nous n'allons pas rester là longtemps car nous avons laissé derrière nous nos petites habitudes et le pauvre Dostom ne peut plus parler à ses potes slaves pendant la promenade.

Les Slaves détestant les musulmans au point d'en être venus au génocide, le directeur avait pris soin de les tenir à l'écart du reste des détenus et de les déporter au fond de la D3. Cette partie n'était pas chauffée l'hiver car l'eau des radiateurs y arrivait avec une pression quasi nulle, mais les Slaves étaient les seuls capables d'accepter cela sans se mutiner car un tel confort n'était ni pire ni meilleur que celui d'un appartement populaire à Moscou, à Alma Ata ou à Tirana.

– C'est toi, l'avocat ? me fait Aziz, le violeur en série du XVIIIe arrondissement après m'avoir observé longuement du bout de notre nouvelle cellule.

– Oui, c'est moi !

– Faut pas rester là.

– Moi et mon ami, tu vois, nous n'avons pas le choix. Toute notre cellule pue le brûlé.

– Faut pas rester là !

Je me tourne vers le mur sur ma paillasse afin de ne plus croiser son regard qui continue à me fixer. Il n'est pas net, ce type. On dirait qu'il a peur de moi. Je sens que pour rien au monde, il ne regagnerait sa couche qui est en dessous de la mienne.

Pour dissiper mon malaise, je repense à ce jour festif qui a inauguré une série de déconvenues avec l'Ordre. Un de ces événements qui, rajouté au reste, à l'immense dégoût que me procurait ma vie depuis ma brouille avec Lakdar, a fait qu'un jour j'ai tout envoyé péter.

C'était un mois et demi ou deux après le jour où il m'avait raccroché au nez. J'étais raide. J'avais donc dû reprendre les commissions d'office. J'y allais à reculons.

Ce jour-là, j'étais de l'équipe de l'après-midi des comparutions immédiates, avec deux jeunes confrères.

A huit heures du soir, parce qu'il n'y avait pas suffisamment d'escortes pour monter les détenus du dépôt à la 23e correctionnelle, nous n'avions toujours pas commencé. Pourtant le parquet, lui, continuait à balancer des dossiers en veux-tu en voilà.

Je mourais de faim et il n'y avait plus rien à bouffer dans les distributeurs de sandwichs. Le Soleil d'or et la Brasserie du Palais avaient fermé depuis longtemps et il nous était impossible de rayonner plus loin que l'île de la Cité car le début de l'audience, constamment reporté, était imminent.

A dix heures du soir, alors que je plaidais enfin mon premier dossier, j'ai envoyé le plus jeune des deux autres avocats récupérer une assiette de petits-fours au salon Harley où le Bâtonnier donnait un de ses pince-fesses Potel & Chabot hebdomadaires. Mais comme il n'est pas parvenu à entrer sans carton, il est revenu bredouille.

A onze heures trente montait du dépôt la seconde cargaison de bras cassés à juger : deux Chinois, un Africain, un Arabe, un Roumain et un pauvre cambrioleur toxico à qui il restait à peine quelques jours à vivre tant il avait accumulé de maladies mortelles sur sa maigre personne.

Les cinq détenus étaient entassés les uns sur les autres à gauche du box, s'écartant instinctivement du sixième qui, agité de tremblements, agonisait de l'autre côté, la tête baissée comme un vieux chien.

L'extrême animalité de cette scène, la faim, la fatigue, le ras-le-bol me firent voir rouge. Je refusai de plaider en hurlant qu'il était indécent de rendre la justice dans de telles conditions. Les deux jeunes confrères, terrifiés à la perspective de figurer sur la liste noire des commissions d'office, regardèrent leurs pieds alors que je leur demandais de me suivre pour aller faire sa fête au Bâtonnier. Il faut dire que j'avais un air de dément.

Ils me proposèrent de prendre mes dossiers et de les plaider à ma place. Je ne répondis même pas et partis au pas de charge vers le pince-fesses du salon Harley.

Le cerbère de l'entrée, vu mon air furibard et la résolution de mon pas, me laissa entrer en s'écartant légèrement. Je fis irruption dans la salle, prêt à faire un esclandre, lorsqu'un vieux pépé vint me voir en me donnant du "cher confrère" et en me félicitant de ma brillante intervention lors du colloque "le pacte de fiducie, mythe ou réalité". Très vite, je fus entouré par un aréopage de pépés, tous un peu pompettes, qui me prenaient pour un certain Guichard, célèbre ai-je réussi à comprendre pour la publication d'un pavé intitulé : *Les Biens de mainmorte, perspectives et facettes.*

Ils m'entraînèrent vers le buffet. Personne ne semblait se soucier du fait que je sois le seul en robe.

Alors que je demandai à mes nouveaux amis, la bouche pleine de petits-fours et la coupe de champagne à la main, de me présenter le Bâtonnier, aucun n'en était capable. Comme les soirées de Gatsby le magnifique, personne ne l'avait vu, mais tout le monde en parlait.

J'ai porté des dizaines de toasts absurdes en hurlant tout ce qui me passait par la tête de noms de doyens et d'auteurs célèbres d'ouvrages fondateurs.

– A la santé du doyen Carbonnier. Ouaiiiiiiiis... !

Et les pépés de reprendre en chœur :

– Vive le doyen Carbonnier ! Vive *Flexible droit*...

Je foutais une ambiance du tonnerre. J'en avais complètement oublié les comparutions immédiates.

Je me suis bourré la gueule jusqu'à en vomir sur ma robe avant de m'écrouler par terre. Pour éviter qu'il y ait d'autres témoins de cette scène très peu déontologique, les pompiers du Palais m'ont discrètement ramené chez moi.

Le lendemain, je trouvais à ma toque une convocation qui m'était envoyée par un membre du Conseil de l'Ordre qui me demandait de passer à son bureau. Là, une espèce de délégué indéterminé m'adressa une admonestation paternelle de la part du Bâtonnier pour mon manquement au serment de dignité de l'avocat. Il me signifia qu'il s'agissait du premier échelon de la sanction ordinale avant de me mettre en demeure de me tenir à carreaux. Il me conseilla également de prendre en main mes problèmes d'alcool avant qu'un deuxième faux pas, cette fois décisif, ne soit à déplorer.

– Je croyais avoir rendez-vous avec un membre du Conseil de l'Ordre.

– Les membres du Conseil ont mieux à faire que d'écouter vos histoires d'ivrogne!

– Si je bois, c'est parce que j'ai des problèmes très graves, fis-je, entre mes dents. Il faut le dire au Bâtonnier!

Le second événement s'est déroulé quinze jours plus tard, toujours dans le cadre d'une permanence.

Il faisait extrêmement chaud ce jour-là. Nous étions fin juillet, un lundi. Il était neuf heures du soir.

J'attendais depuis dix plombes dans le couloir étroit des juges des libertés et de la détention que l'un d'entre eux daigne sortir de son bureau pour m'accompagner à Cusco. Là, je devais assister un Ghanéen qui avait été cueilli à la gare du Nord en provenance d'Amsterdam et qui avait une quantité démentielle de drogue à l'intérieur du corps. La police l'avait hospitalisé pour le bourrer de laxatifs afin qu'il restitue à la justice les preuves de l'infraction.

J'avais déjà réussi à faire traverser la rue séparant le Palais de l'Hôtel-Dieu au juge d'instruction de permanence et à sa greffière pour l'interrogatoire de première comparution au cours duquel il s'était vu notifier sa mise en examen.

Il ne restait plus au juge des libertés qu'à le mettre au trou.

Le problème était que les quatre juges des libertés se renvoyaient la patate chaude : c'était celui qui terminait sa journée le dernier qui héritait de cette tâche ingrate.

Aller à Cusco répugnait à tout le monde.

D'abord, celui qui avait le malheur de ne pas connaître le chemin se perdait. Il s'agissait de débusquer une porte planquée au cinquième étage de l'aile droite de l'hôpital de l'Hôtel-Dieu, au bout du service d'ophtalmo. Derrière cette porte mystérieuse, la salle Cusco. En fait, un étroit couloir d'à peine deux mètres de large sentant la pisse et le détergent, rempli de flics désespérés de ne plus voir la lumière du jour, vautrés sur de vieux fauteuils médicaux bouchant le passage.

Ensuite, auditionner un prévenu couché dans un lit d'hôpital avec une perf dans le bras, sans chaise pour s'asseoir, n'avait rien de facile.

En général, la greffière installait son ordinateur sur la tablette qui servait à poser le repas et s'asseyait sur le lit pour taper son PV. Les autres personnes présentes se plaçaient autour, comme les Rois mages.

A vingt-deux heures finalement, le dernier JLD encore présent, après avoir poussé un long soupir, rassembla sa petite troupe pour traverser le boulevard du Palais. Sur place, le procureur et le traducteur nous attendaient. Nous rentrâmes donc à cinq dans la chambre du Ghanéen. Il faisait une chaleur suffocante et ça puait la merde.

Pendant que la greffière tentait d'installer son portable, je demandais au traducteur comment le type s'était fait choper par la PAF à la gare.

– Ils ne font pas qu'avaler des boulettes de stupéfiants enveloppées dans du cellophane, ils introduisent également des boudins de latex remplis de drogue dans leur anus, ce qui leur donne une démarche caractéristique. La police de l'air et des frontières les repère tout de suite.

Le Ghanéen rigolait tout le temps et ça m'énervait.

Pour le faire taire, je fis traduire par l'interprète qu'il irait en prison, que j'étais son avocat et que je ne pouvais m'y opposer puisqu'il ne pouvait faire état d'aucune garantie de représentation sur le territoire français. Cela le fit rigoler de plus belle.

– *What is your utility, then?*

C'est vrai que je ne servais vertigineusement à rien. Je n'étais là que parce que l'article 145 du code de procédure pénal commandait ma présence sous peine de nullité de la procédure. J'étais là pour trois cents euros parce que je n'avais plus une tune.

Le Ghanéen riait à s'en tenir les côtes.

– *It's ridiculous!*

Puis il s'est mis à chier des boudins d'ecstasy devant les magistrats horrifiés.

– *Look, I shit the evidence!*

Et je me suis tiré.

Le lendemain, je fus convoqué sur mon téléphone portable par le secrétariat de l'Ordre qui me sommait de me pointer au bureau de M. Gonzague Le Pelletier-Pouchard, membre du Conseil de l'Ordre de permanence, toute affaire cessante.

– Leibowitz, vous perdez tout sens commun, qu'est-ce qui vous a pris ?

Je regardais mes pieds.

– Vous ne pensez pas que les magistrats, eux aussi, veulent rentrer chez eux le soir ?

J'étais prêt à parier qu'il n'avait jamais dû y mettre les pieds, à Cusco, M. Gonzague Le Pelletier-Pouchard.

– Vous avez fait perdre leur soirée à quatre personnes, sans parler de votre client que vous avez, à proprement parler, abandonné.

– Qu'est-ce que vous en savez ? Vous avez déjà reçu, vous, dans votre cabinet d'affaires avenue Montaigne un type qui vous défèque sur les pieds ?

– Attendez-vous à une suspension d'exercice ! Et à une enquête serrée sur votre compte : topo sur les charges, visite du cabinet… tout ! En plus, je me suis laissé dire que vous aviez des problèmes sévères d'alcoolisme.

– Mes charges, je n'ai plus rien pour les payer. Quant à mon cabinet, je n'en ai jamais eu. C'est sûrement pour ça que je bois, d'ailleurs.

– Je serais vous, je cesserais de ricaner. Vos jours sont comptés au sein de notre barreau. Ça, je vous le garantis !

– Il n'y a guère que les pénalistes qui défendent les huiles pourries de l'État qui trouvent grâce à vos yeux, n'est-ce pas ? Je suppose que c'est parce que vous bavez d'envie devant leurs mirobolants honoraires. Mais les autres, les gens comme moi, qui sentent le cachot, vous ne les aimez pas, n'est-ce pas ? Et pourtant, ô comme vous changez d'avis lorsqu'il s'agit de gloser dans les colonnes des journaux sur des sujets valorisants comme la présomption d'innocence bafouée, l'abus de la détention provisoire… A propos, vous, dans la fusion acquisition, vous en faites, de la présomption d'innocence ?

– Les pénalistes ne sont qu'une bande de voyous, la honte du barreau !

– Et vous, maître Le Pelletier-Pouchard, vous êtes à l'avocat ce que le Pinscher est au chien : un truc tremblotant et dégénéré pour vieille dame. Une imposture.

"Oh là là, je viens de me plomber le cul !" me suis-je dit en sortant.

Article 1-3 du règlement intérieur : *La dignité, la conscience, l'indépendance, la probité et l'humanité. L'honneur, la loyauté, la délicatesse, la modération, la courtoisie, le désintéressement, la confraternité et le tact sont d'impérieux devoirs pour l'avocat et constituent ensemble les principes essentiels de la profession d'avocat. La méconnaissance par l'avocat d'un seul de ces principes essentiels constitue à elle seule une faute déontologique.*

"Humanité" et "désintéressement" sont mes préférés.

J'aime bien "tact" aussi.

Je me marre !

Ma décision de me substituer à David Sellem était prise !

Et, comme tout projet désespéré, il fallait le mettre à exécution sans attendre pour ne surtout pas être tenté de revenir dessus.

A peine sorti des locaux de l'Ordre, j'ai appelé cette fouine de Lakdar. Son cri triomphal ainsi que l'organisation impeccable qui s'ensuivit m'ont démontré qu'il touchait bien plus qu'une misère dans cette opération.

Le calcul était simple : lors du braquage, ils étaient quatre pour vingt millions d'euros, ce qui faisait cinq millions par personne. Sellem me donnait soi-disant la moitié de sa part, soit deux millions. Il restait donc cinq cent mille pour Lakdar. Plus, si les trois autres avaient craché au bassinet.

– Écoute, Leibowitz, t'as fait le bon choix. Je t'envie, mec. Tu vas te faire du fric peinard, sans risque, et dans trois ans à peine, t'es sorti. Quand est-ce que tu veux que ça se fasse ?

– Le plus vite possible !

– Très bien, ça me convient ! A la fin de la semaine, ça te va ? Aujourd'hui, on est mardi. Jeudi, on prend le TGV pour Genève, on dort là-bas. Vendredi, tu ouvres ton compte à neuf heures avec ton fric. Le retour se fera également en train.

– Pourquoi ne pas prendre l'avion ?

– Parce qu'avec le train, on n'a jamais de surprises. A deux heures et quart tapantes, on sera à Paris. De la gare de Lyon à Fleury on met au pire une heure, une heure et demie s'il y a un accident sur l'A6. Une fois sur place, tu demanderas à voir Sellem et trois autres détenus de la D2 qu'on fera monter. L'idée, c'est que l'échange s'opère vers quatre heures et demie, cinq heures moins le quart, à l'heure où les matons veulent qu'on dégage pour fermer les parloirs. Entre-temps, on t'aura rasé la tête et fourni une perruque reproduisant la coiffure de cake que t'as aujourd'hui. Au parloir, tu échangeras tes vêtements contre ceux de Sellem et il mettra ta perruque. A seize heures cinquante, Sellem sortira de la D2. Quand il arrivera à la rotonde, le maton lui balancera ta carte d'avocat à la gueule sans même le regarder et il sortira. Et toi…

– Ça ne marchera jamais. Les matons s'apercevront que je ne suis pas leur détenu au moment où ils vérifieront son matricule et sa photo. Sellem, entre-temps, a trop de distance à parcourir si l'alerte est donnée. Il doit prendre le couloir pour sortir de la D2 jusqu'à la rotonde, attendre que le surveillant lui donne ma carte professionnelle puis prendre le grand couloir des familles pour sortir de la prison. Il doit descendre l'escalier en hélice et, après avoir franchi les deux contrôles de la sortie, atteindre le parking et dépasser les gardes mobiles.

– Il aura le temps, parce que les trois détenus qu'on aura fait monter vont mettre le souk à l'intérieur de la division. Ils attireront l'attention des matons, quand tu seras dans le sas, au moment où ils vérifieront ton matricule.

– Je suis plus petit que lui et moins fort.

– En survêt, on ne verra rien. Je parie que personne ne te reconnaîtra jusqu'à ce que tu donnes toi-même l'alerte. Et puis, si ça plante, on aura essayé. Lui, il ne se prendra pas plus que perpète et toi, t'auras été payé de toute façon.

Je raccrochai.

Je suis resté sans bouger un bon bout de temps à fixer le téléphone : tout cela était déjà si concret !

Nous étions mardi. Vendredi, je serais millionnaire et en taule.

Machinalement, je pris mon agenda pour voir ce que je faisais les jours à venir.

Mardi : j'avais rendez-vous le matin avec un juge pour récupérer la voiture sous scellés d'un type qui avait écrasé une femme de ménage portugaise, puis à treize heures un déjeuner avec une femme qui voulait que je la saute et que je l'épouse parce qu'elle avait trente-cinq ans. L'après-midi, j'avais prévu de faire une taule pour visiter mes clients : la Santé, si je sautais la fille. Fresnes, qui est un peu plus loin de Paris, si nous nous quittions bons amis.

Je fis un trait sur tout ça sans autre forme de procès.

Mercredi matin : un rendez-vous facultatif avec un président d'assises pour l'interrogatoire d'identité d'un type qui passerait en procès dans quelques semaines.

C'était ma méthode pour tâter le terrain et savoir qui j'allais affronter. A présent, je m'en foutais, je lirais dans *Le Parisien* le verdict.

A midi, un rendez-vous avec le garagiste pour fêter la fin du rodage de mon aspirateur à gonzesses. Pourquoi ai-je claqué autant d'argent dans cette voiture ridicule ? Autant la lui revendre. Ça couvrirait mes faux frais en taule.

Tout à coup, une foule de détails pratiques me vinrent à l'esprit.

Je songeai à mon appartement et puis à l'argent. Comment vivrais-je en prison ? Qui m'enverrait du fric pour cantiner ? Qui allait s'occuper de mes affaires ? Qui allait arroser mes plantes ? Comment procèdent mes clients avant un mauvais coup ? En général, ils ne possèdent rien et puis ils ont leur famille et leurs copains. Moi qui croyais qu'en étant seul, j'étais invulnérable !

L'exemple de mes clients ne m'étant d'aucun secours, je me mis à penser au type qui prépare son suicide, passe l'aspirateur, dégivre son réfrigérateur et va chercher ses vêtements chez le teinturier avant de se jeter sous le métro.

Mais si vendredi matin je touchais deux millions d'euros, qu'est-ce que je pouvais bien avoir à foutre de mes fringues laissées chez le teinturier ?

C'est là que mon ami Bertrand m'apparut comme la solution à tous mes problèmes. Je devais virer sur son compte une grosse somme d'argent qui servirait à payer mon entretien et ma défense. Je devais également lui mettre sous enveloppe le double des clefs de mon appartement afin qu'il fasse le nécessaire pour qu'il soit entretenu. Enfin, je devais aller m'acheter une garde-robe adaptée à la taule : des petits polos en fil d'Écosse et des pantalons confortables ; des vêtements de bon goût qui plairaient à la fois à mes codétenus et aux juges qui m'interrogeraient et me jugeraient.

Leibowitz : c'est la classe internationale en toute circonstance !

En fait, cela n'avait rien à voir avec le suicide, ça tenait de la métamorphose. La chenille grisâtre qui bouffait et préparait son cocon pour devenir papillon à la saison nouvelle.

J'appelai la fille de treize heures pour la sauter tout de suite avant de faire mes emplettes au grand magasin.

8

Le soleil s'est levé et Aziz le violeur m'observe toujours, assis sur le sol dans un coin de la cellule.

– Tu es resté là toute la nuit?

Il me répond avec un air grave un truc en arabe que je ne comprends pas. Il est temps que nous nous barrions d'ici. Ce pointeur me fout le bourdon.

Après un petit-déjeuner dégueulasse sans notre petit supplément de confiture de myrtilles, de Pépitos au chocolat et de jus d'orange, nous partons en colonne, accompagnés de notre maton, pour la douche.

A nous quatre se joignent six autres détenus, dont trois monstres de cent trente kilos avec des gueules d'assassin.

En silence, nous traversons la division.

– Nous n'avons pas de serviette, fais-je remarquer au maton qui nous dirige.

– Ta gueule! me répond-il. On la ferme dans les couloirs, sinon je fais un rapport.

Arrivés à la salle de douche, un espace jaunâtre suintant le salpêtre où courent des tuyaux rouillés, un abreuvoir à rats, tout le monde se déshabille. J'observe Aziz le violeur qui transpire; il n'a pas l'air bien.

– Surveillant, je crois que je vais gerber.

– Taisez-vous! En rang contre le mur ou je fais un rapport.

Il a des haut-le-cœur. C'est vrai qu'il va gerber.

– Eh, merde! Surveillant, crie le maton.

Je ne m'y ferai jamais à ces gens qui s'appellent tous "surveillant" parce qu'ils ont peur des représailles une fois les mecs libérés.

Aziz tombe à genoux en se tenant l'estomac comme si quelqu'un l'avait empoisonné. Merde, ça doit être une gastro! On va tous se la choper, c'est archi contagieux.

Le maton sort du vestiaire pour chercher son collègue afin qu'il le ramène dare-dare à sa cellule avant qu'il ne nous dégueule sur les pieds.

Aziz lève la tête et me regarde intensément.

Tout à coup, je prends conscience qu'il y a quelque chose d'anormal. Mais il est trop tard! Une des trois brutes a sorti une lame de sa poche alors que les deux autres se sont déployés de manière à m'isoler au fond de la pièce. Au moment où je vois la lame s'approcher de mon flanc, un coup violent me projette contre le mur que je heurte de la tête avant de m'écrouler.

Je me réveille avec un violent mal de crâne dans un lit d'hôpital.

Une douleur lancinante provenant de mon ventre me rappelle tout à coup ce qui s'est passé: quelqu'un a essayé de me crever, mais je suis toujours là! Et je suis toujours à Fresnes, preuve en est la lourde porte en métal qui s'ouvre sur un médecin qui me sort de ma torpeur.

– Ça va?

– Qu'est-ce qui s'est passé?

– Il y a eu une bagarre sous la douche. Vous avez reçu un coup dans le ventre avec un objet coupant...

– Un couteau! J'ai vu un couteau ou un poinçon...

– Cela n'a fait qu'une grosse entaille dans le gras et vous vous êtes assommé en tombant.

– Je ne suis pas tombé, quelqu'un m'a poussé par terre.

– Un type est mort, un Albanais, l'arme lui a troué la carotide. Personne n'a rien pu faire. La police est en train d'interroger tous ceux qui étaient avec vous à la douche pour savoir comment ça a démarré.

– Ce n'était pas une bagarre !

– Ça ne va pas donner grand-chose. Nous n'avons retrouvé ni couteau ni rien. On s'en est sans doute débarrassé dans une canalisation.

Une douleur irrépressible et sourde monte de ma poitrine, je me mets à pleurer. Le gros Dostom est mort en me sauvant la vie.

– Reposez-vous. Votre avocat a été prévenu.

J'entends la porte se refermer.

Pourquoi ai-je ressenti une telle joie en montant dans le train, ce jour-là, avec Lakdar ?

J'avais vendu ma voiture, viré quinze mille euros sur le compte de Bertrand, ma valise était bourrée de fringues neuves et je partais pour l'aventure.

Après un voyage en première classe copieusement arrosé au champagne – pour supporter la fouine en train de me déblatérer ses anecdotes ineptes qui se terminaient toujours de la même manière : "Putain, Leibowitz, tu ne me croiras jamais si je te dis combien je me suis fait de blé sur ce coup !" J'avais déjà remarqué l'extrême indigence de ses conversations mais c'était la première fois que j'étais obligé de me les taper de bout en bout pendant quatre heures sans pouvoir m'enfuir. Quelle torture ! – Nous nous installâmes à l'Hôtel du Rhône, à deux pas de la place Bel-Air, le quartier des banques où Lakdar semblait avoir ses habitudes.

Le portier paraissait bien le connaître puisque, tout en lui donnant obséquieusement du maître Lakdar, il lui remit une grosse enveloppe marron avec l'air entendu et complice de celui qui touche régulièrement un gros pourliche.

La fouine s'éclipsa immédiatement dans sa chambre pour passer des coups de fil, pour faire du biz, comme elle ne manqua pas de me le préciser.

Quant à moi, je déposai mes affaires dans ma chambre avant de sortir déambuler dans les rues de cette ville que je ne connaissais pas. C'était l'heure de la fermeture des magasins.

Il faisait un temps splendide. Une lumière rose venue des montagnes avoisinantes baignait la ville et faisait briller les rails de tramway sur la rue centrale.

De gros Saoudiens avec des montres pleines de diamants, suivis de femmes enveloppées de draps noirs aux bras chargés de sacs Dior, Armani et Gucci, se hâtaient vers leurs hôtels. Aux terrasses des cafés longeant le Rhône, des bimbos aux seins comme des obus discutaient entre elles devant un thé accompagné d'un gâteau très petit et très cher.

Les bijoutiers retiraient de leurs vitrines les bagouzes et les colliers en diamant, les montres sans étiquette de prix.

Genève était une ville délicieusement obscène, peuplée seulement de gens très riches et de ceux qui sont payés pour les servir.

Je m'arrêtai chez Davidoff où je fus le dernier client de la journée. Dans une atmosphère de serre à orchidées, des milliers de cigares cubains différents s'offraient à moi dans leurs boîtes aux couleurs tropicales. J'optai pour une boîte de barreaux de chaise à mille euros en me laissant flatter par le vendeur qui me susurra à l'oreille avec l'accent suisse que j'avais fait un excellent choix.

Puis je pris la direction d'un bar très confortable peuplé de Libanais et de jeunes loups de la finance au teint bronzé de ceux qui passent leur week-end à naviguer sur le lac.

Je pris une revue masculine au titre accrocheur : *Je vis avec une nympho – dix hommes témoignent,* et m'installai dans une espèce de trône doré de très mauvais goût, recouvert de peau de zèbre. Là, j'allumai mon cigare et commandai une caïpirhina avec une double dose de cachaça. J'avais conscience que tout cela était parfaitement caricatural, surtout au regard de ma situation à venir, mais je vis que cela était bon, comme dit la Bible.

Malheureusement, Lakdar, accompagné de deux types au teint mat et aux cheveux noirs luisants, impeccablement sapés, vint souiller ce moment de félicité.

On aurait dit trois frères. Évidemment, personne ne fit les présentations, mais je compris qu'il s'agissait des types qui avaient participé avec Sellem au braquage de la Banque de France. Connaître leur nom aurait contribué à me mettre en danger.

Un Arabe et deux Juifs.

A les voir comme ça, on se demandait vraiment pourquoi ces deux peuples se foutaient sur la gueule depuis si longtemps.

– Comment saviez-vous que j'étais là ?

– T'es un marrant, toi, Leibowitz ! fit Lakdar en me tapant dans le dos.

Ses deux copains, en revanche, n'avaient rien de rigolo.

– C'est vrai qu'il lui ressemble !

– Il est plus petit !

Les deux types m'évaluaient avec le même intérêt qu'un menuisier porte à un tenon qu'il destine à une mortaise.

Lakdar me taxa un cigare sans y être invité.

– Nos deux amis nous accompagneront de bout en bout, de la banque à la porte de Fleury, fit-il la bouche pleine. Ce n'est pas qu'on te fasse pas confiance, mais bon, il ne s'agirait pas que tu te barres avec deux millions sur un compte à ton nom. Viens, on décolle. J'ai réservé une table dans un club privé.

Et me voilà parti en goguette avec trois voyous de dix ans plus jeunes que moi, minces, bien sapés, riches, dangereux. Je sentais que ma place était celle du brave gland que l'on doit se coltiner en soirée parce qu'il est le seul à avoir une bagnole.

Lakdar avait choisi un bar à putes de luxe à ce point topique que je me croyais dans le décor d'un clip de rap sur MTV. Un endroit extraordinairement vulgaire avec des canapés recouverts de peluche à motifs panthère, du mobilier à faire pâlir d'envie un Saoudien et des machins grecs en stuc disposés par-ci par-là. Des filles jeunes, admirablement bien foutues, se frottaient contre des hommes d'affaires du Golf ou d'Europe de l'Est, riches et malhonnêtes, qui jouaient au poker. Il y en avait pour tous les goûts : noires, asiatiques, fausses blondes et vraies blondes partageant toutes la même appétence de l'argent qu'elles suivaient l'œil brillant alors que celui-ci s'échangeait par liasses au-dessus des tables.

Ce qui m'excitait dans cette ambiance, ce n'étaient pas ces belles putes à proprement parler. Non ! C'était le fait qu'il m'était possible de les défoncer, de les massacrer pour du fric. Car ici régnait une ambiance d'impunité totale liée au fait que la plupart des clients provenaient de corps diplomatiques bidons ou de milieux comme celui des deux nouveaux copains de Lakdar.

– Eh, Leibowitz, choisis ta pute, c'est moi qui raque !

– Non merci !

– Tu fais ta pudibonde ! T'es vraiment un marrant, toi !

Ce n'était pas du tout un endroit fait pour les intellectuels détraqués comme moi.

Après avoir bu cinq ou six verres et perdu en quelques tours de table les cinq mille euros qui me restaient en poche, je décidai de rentrer à mon hôtel pour passer une soirée plus à mon niveau, entre le porno du payper-view et les mignonnettes du minibar.

Un réceptionniste endormi me donna les clefs. En ouvrant la porte de ce que je croyais être ma chambre, je m'aperçus aux vêtements étalés un peu partout qu'il s'agissait non pas de la mienne, comme je m'y attendais, mais de celle de Lakdar.

Sur la table du petit salon, l'enveloppe kraft que lui avait remise le portier à notre arrivée attira immédiatement mon attention.

J'en vidai le contenu. Il s'agissait de relevés de comptes aux noms de différentes personnes dont quelques-unes ne m'étaient pas étrangères pour les avoir croisées dans le cadre de ma collaboration avec la fouine. Il y avait également des procurations à son nom signées par ces mêmes personnes.

J'aurais dû me douter qu'en plus de tout le reste, Lakdar jouait les porteurs de valise pour ses clients. Si par hasard il se faisait contrôler par les douanes, il devait arguer du secret professionnel pour éviter les fouilles et passer les sommes qu'il transportait.

Je ne sais ni pourquoi ni comment cette idée m'était venue, mais sur le coup il me parut essentiel que je m'en procure une copie.

Je demandai au réceptionniste une photocopieuse qu'il me désigna d'une main molle, habitué qu'il était aux caprices nocturnes des hommes d'affaires excentriques. Mon emprunt terminé, je remis les papiers à leur place.

Je décidai de tout envoyer à Bertrand.

Je mis les copies à l'abri des regards dans une enveloppe sur laquelle je rédigeai une petite note absconse pour lui demander de ne pas l'ouvrir, de la cacher le mieux possible et d'arroser mes plantes. Je la glissai dans une grande pochette kraft, libellée à son adresse. Dans la foulée, j'y ajoutai la clef de mon appartement.

Il recevrait le tout lundi au plus tard et lundi, je serais en prison.

Je regagnai ensuite ma chambre.

Après avoir mis quinze bonnes minutes à comprendre comment se lisait le programme de la télé payante, je compris que j'avais le choix entre *Hip Hop sexnonstop*, *Carré de chattes*, *Maîtresse Alexandra 7* et *Dix-neuf ans et ouvertes*.

J'optai pour le dernier.

Je regardai d'un œil morne en sirotant une mignonnette de mauvais rhum la jeune Cora se faire besogner quand je m'aperçus sur l'horloge de la télé que trente minutes s'étaient déjà écoulées sans que l'idée de sortir ma bite m'ait même effleuré. Il m'apparut tout à coup que je passais ma dernière nuit en liberté et qu'il serait dommage de la consacrer à attendre que l'envie de me branler me vienne enfin.

Je décidai donc de sortir à nouveau.

Après avoir déambulé un petit moment dans les rues désertes, je m'installai au bord du lac pour fumer un barreau de chaise tout en lançant de vieux morceaux de pain qui traînaient par là à de gros cygnes obèses et insomniaques.

Patience, me dis-je, le bonheur mérité par l'excellence de mon âme est pour bientôt !

J'ai dû m'endormir sur le sol comme un clodo puisque je fus tiré de mon sommeil par la vibration de mon portable.

– Putain ! Leibowitz, t'es où ? Tu t'es barré ?

– Non, non !

– On s'excuse de te déranger, mais on a un programme chargé.

Je suis passé par ma chambre pour prendre ce qui était ma dernière douche avant le Golgotha puis je me suis rendu dans celle de Lakdar où les deux acolytes de David Sellem m'attendaient avec une tondeuse à cheveux.

J'avais oublié !

– Est-ce vraiment nécessaire ? Je vais être très moche ! fis-je pas très confiant en voyant l'un des deux assassins brandir l'engin à quelques centimètres de mon visage.

– Il faut que tu rentres dans le sas le crâne rasé comme Sellem, sinon les matons vont croire que des cheveux lui ont poussé pendant le parloir, gloussa Lakdar.

A quoi reconnaît-on un vrai con ?

A ce qu'il rit de ses propres blagues.

– Après tu enfiles ça, me dit-il en sortant des vêtements d'un sac. Ils sont extensibles, ils vous iront à tous les deux. Pour l'ourlet, tu retrousses simplement le bas du pantalon. Quant aux chaussures, il fait du 44, et toi ?

– Du 40.

– Alors, tu changeras de pompes dans la voiture juste avant de rentrer en prison. On a pris des Campers, tu n'auras qu'à serrer très fort tes lacets pour ne pas les perdre.

Moi qui avais prévu un seyant pantalon en lin et un petit pull rayé pour la journée.

Le coiffeur fit un pas en arrière pour apprécier son travail.

– C'est vrai qu'il est moche ! fit l'autre, préoccupé.

– Vous voyez que je ne lui ressemble pas !

– Mais non, mais non, vous verrez, ça ira ! On va le doucher, après il sera très bien !

En retournant dans la salle de bains, je découvris ma nouvelle tête dans le miroir. Ce que je vis me fit sourire : j'avais l'air d'un caniche en chantier, pas d'un truand. Tout cela était grotesque !

Derrière la porte, ça gueulait.

Au vu de ma tête rasée, les deux braqueurs s'étaient mis à douter au point de vouloir faire marche arrière. Lakdar dut mettre tout son talent d'avocat pour les convaincre que l'opération allait être une réussite totale et que tout le monde n'y verrait que du feu. Il alla même jusqu'à promettre de rendre sa part si la chose foirait.

Impressionnant ! Ce type était vraiment prêt à dire n'importe quoi pour emporter le morceau.

Quelqu'un frappa à la porte et la conversation cessa aussitôt.

Puis j'entendis des claques dans le dos, des bruits de retrouvailles viriles. Une troisième personne s'était jointe à nous.

Quand je suis sorti de la salle de bains, le calme était revenu.

Un colosse de deux mètres de haut, genre agent du Mossad, me fixait.

– Lakdar, dis-moi que c'est une blague.

– Non, c'est lui.

– Je n'ai qu'à jeter les deux millions d'euros de mon cousin aux chiottes et on n'en parle plus ! fit-il en secouant une mallette qu'il tenait à la main.

– Regarde-le bien. Il est à contre-jour.

Lakdar me prit par le bras et me déplaça vers la lumière comme si j'étais un gosse de quatre ans à qui on fait un ourlet de pantalon.

– Bon, c'est vrai qu'il y a une ressemblance, mais celui-là est plus petit, plus racho et puis il a l'air… je ne sais pas… naze.

– Inoffensif ? fis-je, vexé.

– Ouais, c'est ça, inoffensif. Mais dis-moi, on ne s'est pas déjà vus, nous ?

Le colosse me dévisageait à présent d'un air extrêmement insistant.

– Non, je ne crois pas.

– Si, si, j'en suis sûr parce que justement, ce jour-là, je m'étais fait la remarque que tu ressemblais vachement à mon cousin.

– Tu le connais ? me fit Lakdar.

– Non, on ne s'est jamais rencontrés ! Vous savez, on a pu se croiser par hasard et vous, vous m'avez remarqué parce que justement, je ressemblais à David.

– Ouais, c'est peut-être ça.

Bien sûr que nous nous étions déjà vus. Il avait doublé de volume en cinq-six ans, mais je le reconnaissais très bien. C'était ce type dont la rumeur disait que Lakdar l'avait refait de cent mille euros pour l'histoire des lingots d'or. D'habitude, je ne retenais aucun nom, mais je me rappelais que celui-ci avait quelque chose de particulier qui avait attiré mon attention. Mais quoi ? Je ne m'en souvenais plus.

– Et qu'est-ce qui me dit qu'il ne va pas tout faire foirer et garder le fric ?

Parce que je n'ai pas envie de mourir par exemple, me dis-je tout en soutenant son regard suspicieux. Ils commençaient à me courir, tous, à parler de moi comme si je n'étais pas là.

– Ton cousin l'a vu et il y croit à fond, fit Lakdar.

- Je préfère le faire évader pendant une extraction.

– On peut attendre un an et demi, si tu veux. La prochaine n'aura lieu que pour son procès en appel. En plus, c'est dangereux.

Le mastodonte, indécis, nous fixa tous les quatre. Puis, après un temps de réflexion, il jeta sa mallette sans un mot sur la table du petit salon et prit la porte.

Le silence régnait. La scène avait pris un caractère solennel.

Les trois hommes se disposèrent en rond autour du petit guéridon comme s'ils exécutaient un rite païen maintes fois répété.

Après un temps de recueillement, un des hommes de Sellem ouvrit la mallette d'un geste théâtral.

– Il y a là quatre mille billets de cinq cents euros! Tu peux compter si tu veux.

Je sentis trois paires d'yeux guetter ma réaction.

Alors que je m'attendais à prendre ces billets à pleine poignée avec l'avidité d'un joueur de Las Vegas devant un jackpot dégoulinant de pièces, je restais inerte. Contre toute attente, la seule image qui me vint à l'esprit à la vue de ces liasses roses de billets de cinq cents fut une boîte de bouchées Mon Chéri à la cerise. Une gourmandise bon marché un peu écœurante.

Je les regardai tous les trois: ils affichaient un sourire niais tellement ils étaient contents pour moi. J'eus envie tout à coup de les prendre dans mes bras comme des enfants qui se seraient saignés aux quatre veines pour me faire un cadeau complètement à côté de la plaque. De leur expliquer quantité de choses très compliquées: que l'amour de l'argent occultait la peur de la mort; qu'il était la réponse aux aspirations d'une société adolescente fascinée par l'immédiateté; qu'avec l'argent, l'homme tentait vainement de vaincre les angoisses de la condition humaine.

Tout aurait pu en rester là. J'aurais pu dire: "Écoutez, tout ça est un vaste malentendu, arrêtons tout et rentrons chacun chez nous!"

Mais ils auraient été tellement déçus…

Et si j'avais accepté de rentrer dans ce coup foireux uniquement pour ne pas décevoir trois débiles auxquels je ne serrerais même pas la main si quelqu'un m'en donnait le choix?

Lakdar et moi, nous nous sommes rendus à la Dresde Private Banking où un gentil monsieur affichant une neutralité et une discrétion tout helvétiques, répondant au nom d'Otto Hemschwiller, nous accueillit à la sortie d'un ascenseur sans bouton d'étages.

Il nous conduisit dans une petite salle de réunions où nous attendaient deux cafés et une soucoupe remplie de petits chocolats enveloppés dans des images de montagne.

Lakdar me présenta comme un de ses proches collaborateurs qui voulait ouvrir un compte et y déposer un peu d'argent.

– Bien sûr, aucun problème, me fit M. Otto qui avait l'air extrêmement coutumier du fait. Monsieur désire faire un dépôt de combien?

– Un million cinq cent mille euros, fit Lakdar en posant la mallette sur la table. Et par ailleurs, vous déposerez les cinq cent mille restant sur mon compte.

– Quoi!

J'étais soufflé.

– Oui, cher confrère, je n'ai pas reçu ma petite commission sur cette affaire. Il est convenu que je serai payé seulement à la livraison. Entre nous, ce n'est jamais sûr.

Mais quel enculé de sa race!

– Ce n'est pas du tout ce qui était prévu!

– Mais il n'y a aucun problème. Quand vous aurez mené notre affaire à bien et que je serai payé par nos clients, je vous créditerai les cinq cent mille sur votre compte. Vous pouvez compter sur moi.

Je bouillais de rage. Si mes yeux avaient projeté de l'acide, Lakdar n'aurait plus été qu'une scorie fumante.

– Un million cinq cent mille euros, donc? fit innocemment le banquier, le stylo levé au-dessus du bordereau de dépôt.

– Vous voulez peut-être abandonner le contrat?

– Non! fis-je, les dents serrées. Va pour un million cinq et les cinq cent mille restant à la livraison.

Sous-entendu: les cinq cent mille euros que je pouvais me mettre au cul une fois en taule.

Otto prit sans un mot la mallette, puis me fit signer des papiers et m'attribua un numéro que j'étais censé apprendre par cœur et qui me servirait, m'expliqua-t-il avec son accent suisse, de passeport dans toutes les agences de la Dresde de par le monde. Puis, le temps que Lakdar règle ses affaires, une hôtesse vint me chercher pour m'emmener dans un petit salon identique au premier où m'attendait un autre café accompagné des mêmes chocolats.

Là, je dus faire un gros effort sur moi-même pour ne pas tout casser.

– Allez, ne fais pas la gueule. Un million cinq, c'est encore beaucoup d'argent. Ça fait neuf millions et demi de francs, me fit-il dans l'ascenseur en me tapant dans le dos.

– Tu as attendu ton moment, comme le rat merdeux que tu es. Je n'aime pas me faire enculer à sec comme ça!

– Rat? Raton? Tu te positionnes enfin comme le Juif que tu es. C'est bien, ça!

A la sortie de la banque, les deux compagnons de Sellem nous attendaient dans un taxi.

La gare, puis le TGV.

Sitôt dans le train, la fouine se mit à passer coup de fil sur coup de fil en promenant à chaque interruption de réseau son portable comme un illuminé à travers le wagon.

Moi, j'étais assis avec ma boîte de cigares à mille euros sur les genoux en guise de bagage puisque j'avais laissé toutes mes jolies affaires neuves à l'hôtel. Je faisais clairement la gueule.

Devant moi, immobiles comme deux sphinx, mes gardiens.

J'en voulais à mort à Lakdar.

Non pas pour les cinq cent mille euros qu'il m'avait barbotés, mais parce qu'il avait enlevé toute la magie que j'avais mise inconsciemment dans cette opération. Un voyage, une mallette, une histoire avec un *happy end* et des *happy faces* comme disent les crétins d'animateurs télé.

Là, c'était devenu un simple truc de voyous.

Un de plus.

Je regardais défiler le paysage par la vitre du TGV tout en jetant un œil de temps à autre sur mes deux gardes-chiourme qui n'avaient pas ouvert la bouche depuis notre départ.

Nous étions loin de l'idée du truand véhiculée par l'imagerie populaire : des types joyeux, voire glamour. C'étaient des mecs sombres, toujours à cran de peur d'être trahis ou de louper un nouveau coup, gais comme des drogués à l'héroïne.

J'étais prêt à mettre ma main au feu que Sellem, une fois dehors, avec les millions qui lui restaient, n'irait pas vivre sous les cocotiers comme s'il avait gagné au Loto. Il en investirait peut-être une partie dans une affaire en

Israël puis il claquerait le reste avec la hâte de repartir vers de nouvelles aventures.

Et moi, qu'est-ce que j'allais en faire de mes Mon Chéri ?

Déprimé et à court d'idées, je décidai d'aller fumer un barreau de chaise entre deux wagons. Au moment où je fis mine de bouger, mes deux cerbères se levèrent instantanément.

– Je vais là, dans le soufflet, fumer un cigare, fis-je en leur montrant le strapontin qu'ils voyaient distinctement de leur place. Je ne peux pas aller plus loin, après il y a la locomotive. Je ne peux pas non plus sauter en marche.

Ils se sont regardés et ont dû se dire un truc par télépathie puisqu'ils se sont rassis d'un seul mouvement.

Assis sur mon strapontin, j'allumai mon cigare et laissai divaguer mon imagination. L'échange... mon arrestation... des journalistes se précipitant pour assister à mon procès... une salle noire de confrères... le livre que j'écrirais dans la division VIP de la Santé...

Tout à coup, mes songes éclatèrent comme une bulle de savon, laissant place à un nom qui vint s'afficher en immense dans mon esprit. Barsamyan. Samuel Barsamyan ! Le Juif-Arménien. Le voilà, le nom du cousin de Sellem ! Il m'a frappé, ce nom. C'était comme Leibowitz-Berthier, une monstruosité historique. Incroyable que je m'en souvienne !

La Mercedes aux vitres fumées qui nous attendait devant la gare de Lyon nous a emmenés d'une traite à Fleury. Au volant, le chauffeur attitré de la fouine, un esclave pakistanais transparent, sans doute sourd et muet, qu'elle avait dû gagner un jour au jeu.

En chemin, j'ai vissé sur mon crâne rasé une perruque censée me rendre conforme à la photo de ma carte professionnelle et j'ai changé de chaussures. J'ai également pris le permis de David Sellem ainsi que trois permis de visite établis à mon nom de types que je n'avais jamais vus.

Nous sommes entrés dans le parking dont le chauffeur a fait le tour de manière à garer la voiture en double file dans le sens de la sortie, au plus proche des gendarmes mobiles qui formaient un cordon devant l'entrée.

J'étais assis derrière Lakdar dans la Mercedes. Je l'observais à la dérobée. Il consultait sans cesse sa montre et des gouttes de sueur perlaient sur sa nuque.

Il avait peur.

Si j'ouvrais ma gueule quelques minutes trop tôt, Sellem se ferait tout simplement cueillir avec ses deux acolytes alors que ces derniers avaient réussi jusqu'à présent à s'en sortir. Quant à Lakdar, il tomberait pour complicité d'évasion et recel de malfaiteurs. En fait, il n'avait jamais pris un tel risque.

Je ne pus m'empêcher de sourire en épiant son reflet ratifère dans le miroir du rétro.

– Qu'est-ce qui te fait marrer, Leibowitz ?

– Je suis persuadé que si j'avais été marié, si j'avais eu une femme, un gosse ou même une mère à buter, jamais tu ne m'aurais versé un centime pour ce que je m'apprête à faire.

J'ai dû toucher un point sensible parce qu'il m'a regardé avec des yeux de merlan sans trouver le moindre mot à me répondre.

– C'est possible, fit-il en changeant l'orientation du miroir afin de ne plus me voir.

Quelqu'un tapota à notre fenêtre, ce qui nous fit tous sursauter. C'était le cousin de Sellem, qui avait dû prendre l'avion jusqu'à Orly. Il nous avait sans doute rejoints pour être aux premières loges de l'évasion. C'était trop beau ! Ma vengeance servie sur un plateau.

Lakdar, tendu, ouvrit la fenêtre pour lui parler.

– A seize heures, on y va !

J'ouvris également la mienne.

– Barsamyan ! C'est ça, ça me revient. Ton nom, c'est Samuel Barsamyan. Tu sais comment je m'en suis souvenu ? Parce que moi aussi, je viens de me faire enculer à sec par Lakdar. Remarque, j'ai eu moins de bol, il m'a piqué cinq fois plus qu'à toi.

La fouine s'était retournée sur son siège : je faisais un tabac.

– Mais si, souviens-toi. Quand t'as payé à cette ordure cent mille euros pour qu'il achète un juge, le juge Martin. Tu savais qu'il avait décidé de te laisser sortir de toute façon ? Et de te rendre ton or, en plus ? Je suis au courant de tout ça parce que c'est moi qui défendais le pote qui t'avait prêté sa bagnole. Tu sais qu'il s'en est vanté partout, après, Dalil-le-pas-beau, de son coup d'enfoiré ? Je suis sûr qu'il a taxé aussi un peu de ton or. Je me trompe ?

Vu la tête qu'il faisait, j'avais tiré dans le mille.

Comme quoi, il y avait toujours un fond de vérité dans les rumeurs.

Puis, sublime, je suis descendu en laissant ma boîte de barreaux de chaise sur le siège arrière de la Mercedes. Je laissais derrière moi un carnage.

Sans me retourner, j'ai marché sous les grands peupliers, tout droit vers l'entrée de la maison d'arrêt, essayant tant bien que mal d'avoir l'air digne dans mes chaussures trop grandes.

Et puis, Fleury s'est mis à sonner.

Il y a eu une alerte comme il y en a des centaines et je n'ai pas pu entrer.

J'ai attendu quelques minutes devant la grande porte, mais plus le temps passait, plus cela devenait juste.

A seize heures quinze, j'ai rebroussé chemin vers la voiture.

Quand je suis revenu, Lakdar était debout à côté de sa jolie Mercedes, avec son chauffeur pakistanais.

– Toi, tu montes, me fit Barsamyan très sec.

– Où allons-nous ?

– A l'hôtel. On retente le coup demain matin à dix heures et demie.

– Tiens, l'alerte s'est arrêtée.

– Tu as eu raison de laisser tomber. Demain, c'est samedi, les matons feront encore moins attention.

– Et lui ?

– Lui, il rentre à pied. Il me ramène demain le fric qu'il me doit sinon je le bute.

– Les cent mille euros ?

– Plus les intérêts et une pénalité. Il mérite d'être à l'amende.

– Et moi, tu vas me buter ?

– Toi, tu vas faire sortir mon cousin.

– Et après ?

– Je ne te buterai pas.

Je le croyais.

9

C'est Lakdar qui a mis un contrat sur moi.

Il a payé le type qui a mis le feu à son matelas en face de notre cellule ainsi que ceux qui ont tenté de me crever dans les douches.

Il s'est vengé de lui avoir fait perdre la face ce jour où Barsamyan l'a abandonné comme la merde qu'il est sur le parking de Fleury.

Tout est de ma faute. J'ai sous-estimé cette ordure et mon ami Dostom est mort à cause de moi. Je suis tellement plein de haine que je ne trouve pas le repos malgré tous les cachets contre la douleur que les médecins me font ingurgiter. C'est une boule énorme dans la gorge, une barre dans le ventre ; l'expression de mon impuissance de ne pas pouvoir lui faire la peau sur-le-champ.

Un souvenir me hante dès que je ferme les yeux. un programme que j'ai vu à la télé, il y a quelque temps de cela, pour fêter l'année nouvelle.

Un petit Albanais de six ans, pas plus, blond comme Dostom, s'approche lentement de la caméra, à califourchon sur son âne. Il a le teint buriné par le soleil et porte en guise de vêtements une espèce de sac de pomme de terre en toile de jute, serré à la taille par une ficelle.

– Mon souhait pour la nouvelle année, c'est que mon âne se transforme en moto.

Tout ce que Dostom voulait, c'était une belle vie, mais elle ne lui a laissé aucune chance. Quand nous

nous sommes rencontrés, il venait d'être placé en détention provisoire après avoir été chargé à bloc par sa salope de femme.

Quant à moi, je venais de me faire arrêter à Fleury et avant que tous les gardiens ne se liguent pour me faire la peau, la police m'avait transféré en piteux état à Fresnes et pas du tout au carré VIP de la Santé comme je l'avais espéré. Si quelqu'un m'avait dit que les gardiens allaient presque en venir aux mains pour savoir qui allait me casser la gueule en premier, j'aurais envisagé cette substitution avec plus d'angoisse. Mais, ce jour-là, tout à ma joie d'avoir baisé Lakdar, j'avais l'esprit léger.

Ça ne va pas être facile de réunir une telle somme un vendredi soir, me suis-je dit en contemplant par la lucarne arrière de la voiture sa silhouette disparaître à l'horizon.

Barsamyan décida qu'après cette tentative avortée, la meilleure solution pour m'empêcher de disparaître dans la nature était d'attendre discrètement le lendemain matin dans une chambre d'hôtel. Pas au Crillon, évidemment. A l'hôtel Saxo : un cube de béton de trois étages recouvert de lambris avec une vue imprenable sur la route menant à la maison d'arrêt. Seules les familles de détenus fréquentaient cet endroit et ce n'étaient sûrement pas ces gens qui allaient nous balancer un jour aux flics. Pas de réceptionniste non plus pour se souvenir de nous mais un distributeur de clefs qui fonctionnait avec une carte bleue. Enfin, la chambre ne coûtait que vingt-sept euros cinquante pour trois lits. Après tout, nous n'étions pas là pour faire du tourisme.

Le choix était judicieux.

Le colosse me laissa aux mains de mes deux gardiens et partit pour me ramener de quoi me raser et me changer afin que je ne salisse pas mes vêtements de scène.

Nous restâmes dans un silence de mort devant la télé jusqu'à son retour. Pour je ne sais quelle obscure raison, mes camarades choisirent un documentaire sur les gazoducs russes pour enchaîner sur un feuilleton allemand. Une sélection qu'aurait pu faire une infirmière pour un patient en coma dépassé.

Je dus m'assoupir car je fus tiré de mon sommeil vers vingt et une heures par Barsamyan qui rentrait de ses courses. Alors que j'enfilais l'affreux survêtement Carrefour qu'il avait choisi pour moi, on me donna gracieusement le choix entre les deux restaurants jouxtant l'hôtel : le Quick et le Côte-à-Côte.

Je choisis le Quick car le Côte-à-Côte me foutait trop les boules.

Un jour, alors que j'étais arrivé trop tôt par rapport à l'heure d'ouverture des parloirs avocats, j'avais faim, alors je suis allé y tuer le temps.

Le restaurant était vide. Un chef de salle, chemisette manches courtes et cravate à logo, singeant une obséquiosité de bon ton telle qu'il l'avait apprise lors d'un des séminaires de formation de la chaîne, m'indiqua une table près de la fenêtre. Une serveuse me tendit un menu. Je choisissais entre deux plats au nom pompeux détonnant avec le décor clef en main – petits rideaux rouges et mobilier rustique – fourni avec la franchise, quand deux Ginette furent placées à côté de moi. Visiblement, elles connaissaient la serveuse. Je compris que l'une d'elles fêtait son anniversaire. Qu'est-ce qu'elles avaient l'air joyeuses, ces trois pauvres filles de la grande banlieue, sur leur échangeur d'autoroutes, entourées d'immeubles couleur saumon, d'enseignes criardes de grandes surfaces, de parkings et de lignes à haute tension ! Celle qui avait peut-être vingt-cinq ans ce jour-là allait se voir offrir par sa copine une tranche de bonheur : un repas au Côte-à-Côte de Fleury-Mérogis. J'avais le cœur serré à m'en couper l'appétit. C'était qu'elles me faisaient culpabiliser, ces connes. Le paroxysme a été atteint avec la banana split d'anniversaire, un truc informe sur lequel la serveuse, exceptionnellement autorisée par le chef de salle, avait mis une double dose de chantilly en bombe, des Smarties et une bougie scintillante.

Je me suis enfui avant les cadeaux.

Rien de commun avec le Quick.

Ce fast-food est fréquenté exclusivement par les frères et les potes des détenus, pour la plupart ex-détenus eux-mêmes ou recherchés par la police. Il est connu pour être un endroit de biz et de rencontres : un territoire neutre sur lequel règne la paix, solennelle proximité de la maison d'arrêt oblige.

Le Quick de Fleury répond point par point à la définition que donnent les sociologues d'une TAZ, une zone d'autonomie temporaire. Un endroit pénard occupant provisoirement un territoire dans l'espace et le temps qui disparaîtra dès lors qu'il sera répertorié.

J'ai donc pris mon dernier repas dans une TAZ avec trois assassins. Trois mecs habillés comme des princes, accompagnés d'un quatrième en survêt Carrefour et pompes trop grandes, qui fument des Davidoff à cinquante euros pièce devant leur Menu Giant XL sans attirer l'attention de quiconque : il n'y a que dans une TAZ qu'on voit ça.

Puis j'ai passé la nuit, toujours en leur compagnie, dans une chambre minuscule à quatre pour trois lits : un avant-goût de la tôle.

Barsamyan avait donné rendez-vous à Lakdar le lendemain à dix heures trente, juste avant la substitution.

Pas rasé, avec les vêtements chiffonnés de la veille, il nous attendait, un sac en plastique bourré de billets à la main, dans le parking de la maison d'arrêt. Incroyable ce qu'il avait perdu de sa superbe !

Lui que j'ai toujours vu impeccable, je pense qu'il a essayé de me buter rien que pour se venger de l'avoir acculé à se présenter dans cet état. Barsamyan ouvrit la fenêtre.

– Alors, l'argent ?

– J'ai pas toute la somme. Il manque dans les dix mille euros.

– C'est embêtant ! Je garde ta voiture et nous sommes quittes. Ça te va ?

– Ma voiture vaut dix fois plus, fit la fouine entre ses dents.

– A moi, ça me va, donc ça va ! Eh, Leibowitz, tu descends et tu vas bosser. C'est l'heure.

Et je suis descendu pour me retrouver nez à nez avec Lakdar dont les yeux brillaient de haine.

– Tu ne me souhaites pas bonne chance ?

– Tu sais que je vais te buter, toi ?

– Tu dis ça parce que tu es fâché.

La substitution se passa exactement comme prévu.

Je donnai ma carte professionnelle ainsi que mes quatre permis au surveillant de la rotonde pour qu'il prévienne la division par téléphone afin que l'on me prépare mes détenus.

Après avoir attendu un temps stratégique auprès de la machine à café, j'empruntai le couloir qui menait à la D2.

Première porte: je sonnai à l'interphone. Les surveillants m'ouvrirent sans me répondre et je pénétrai dans le corridor qui longeait les cabines de parloir. Celles-ci étaient toutes vides car on était samedi, jour où les pénalistes sont impossibles à extirper de chez eux. Il n'y aurait donc pas un chat pour nous surprendre quand nous échangerions nos vêtements.

Arrivé à la cage de verre protégeant les gardiens qui contrôlaient les permis et les cartes de détenus, je demandai à voir Sellem en premier; les autres attendraient et je les verrais seulement s'il m'en restait le temps.

Les gardiens ne manquèrent pas de me faire une réflexion du style "les avocats ont les yeux plus grands que le ventre, ils font toujours monter plus de détenus qu'ils ne peuvent en voir." Cela ne m'inquiétait pas car je savais que la seule chose qui leur importait était que je ne dépasse surtout pas d'une minute l'heure de fermeture.

Sellem sortit de la division, me serra la main et me suivit jusqu'à la cabine la plus proche de la sortie des parloirs. Nous échangeâmes nos vêtements et nos chaussures. Il mit la perruque sur sa tête et tenta d'ajuster sa voix sur la mienne en répétant une dizaine de fois le "Merci, bonne journée" qu'il aurait à dire au surveillant de la rotonde lorsqu'il récupérerait ma carte.

La ressemblance était frappante, bien qu'il fût plus épais et plus grand. Nous comptions sur le système cognitif pentacase du gardien de prison moyen : une case "avocat", une case "détenu", complétées par les cases "maton", "flic" et "travailleur social", pour que jamais aucun n'eût remarqué cette similitude.

Quand la transformation fut terminée, il était juste l'heure de la fermeture. Sellem me raccompagna à la cage de verre et fit un signe très professionnel aux surveillants pour signifier que l'heure avait tourné et qu'il n'avait plus le temps de voir les trois autres.

J'entrai dans la division quand il sonna à l'interphone pour qu'on le laisse sortir du corridor des parloirs.

– Maître, vous oubliez vos permis ! fit le gardien dans le micro.

Mon cœur s'arrêta de battre.

Je regardai Sellem par la vitre de la porte qui me séparait à présent de la liberté et vis qu'il hésitait à répondre.

Après un temps qui me parut une éternité, il revint finalement sur ses pas, entra dans la division et, à moins d'un mètre de moi, reprit les permis que lui tendait le maton par la petite fenêtre de la cage.

– Le samedi, on est tous pressés de rentrer chez soi ! rétorqua le braqueur avec un sang-froid incroyable.

Au moment où j'ai pris ma carte de détenu et où je suis entré à l'intérieur de la division, j'ai entendu des cris qui provenaient des trois types que j'avais fait monter. Ceux-ci ne trouvèrent rien de mieux, pour mettre le souk, que de prendre à partie le gardien du sas de fouille. En quelques secondes, ils mirent un bordel épouvantable. Paniqués, tous les matons présents s'enfermèrent dans la cage de verre du box de contrôle et appelèrent à leur secours les ERIS.

Moi, on m'avait complètement oublié.

J'attendais la cavalerie en songeant avec effroi à l'annonce qui avait été faite lors de la création de ce corps affecté au maintien de la sécurité dans les établissements dits sensibles : des super matons choisis au sein de l'école de l'administration pénitentiaire pour leurs qualités physiques et psychologiques, ayant suivi un entraînement spécial au GIGN.

Ça allait cogner.

En un clin d'œil, une vingtaine de types avec cagoules et vêtements noirs, venus de partout, encerclèrent tous les détenus présents. Nous n'étions pas nombreux : il y avait les trois excités, deux-trois autres détenus qui attendaient de regagner leurs cellules pour x raisons et moi, David Sellem-Leibowitz-Berthier.

L'échauffourée dura quelques secondes au cours desquelles, niché derrière un panier à linge, je tentais d'éviter les coups de matraque des ERIS qui cognaient sur nous comme des brutes.

Elle fut interrompue par l'intervention d'un détenu qui n'était pas dans le coup et qui en eut marre de se faire cogner sans raison.

– Au lieu de me taper sur la gueule, pauvre con, regarde plutôt le mec coincé contre le mur. C'est pas Sellem ! Vous l'avez laissé s'évader, bande de tarés, fit-il au mastard cagoulé qui le tenait par le col.

La bagarre s'arrêta instantanément.

On m'extirpa de ma cachette et on me colla le visage sur la vitre de la cage de verre où s'étaient réfugiés les gardiens.

– C'est pas Sellem ! cria l'un d'eux.

Ils sortirent comme un seul homme et se ruèrent sur moi pour me tabasser.

– Qui t'es, bordel ? Putain ! Qui t'es ? crièrent-ils, terrifiés, avant de faire retentir l'alarme.

Quand je suis arrivé dans ma cellule à Fresnes, j'étais contusionné de toutes parts. J'avais surtout le visage tuméfié et la mâchoire à ce point enflée que je pouvais à peine ouvrir la bouche.

C'est alors que le gros Dostom, qui ne me connaissait pourtant que depuis quelques minutes, m'a écrasé la viande et les petits pois de mon premier repas. Il m'a tout de suite séduit.

Il était simple, franc, honnête, et ne se plaignait jamais alors qu'il se trouvait enfermé comme moi pour la première fois.

Lakdar va payer, dussè-je y consacrer ma vie.

– Leibowitz, visite avocat !

Bertrand, le visage ravagé par l'inquiétude, pénètre dans ma cellule.

– Ne dramatise pas, je n'ai pas grand-chose. Ils ont tué Dostom.

– On m'a dit que c'était une bagarre.

– Pas du tout. Trois types m'ont entouré pour me faire la peau. Ils ne savaient pas que Dostom était avec moi. Au moment où l'un d'eux a sorti son couteau pour me poignarder, il s'est interposé en me jetant par terre et c'est lui qui a pris le coup à ma place.

– Cette histoire est allée beaucoup trop loin. Il va falloir que tu craches le morceau avant qu'il ne soit trop tard.

– Je ne veux pas !

– Si tu ne me fais pas un minimum confiance, tu te passeras de moi à l'avenir.

Bertrand me regarde intensément. Je lis du mépris dans ses yeux. Ce qui m'effraie, c'est que je m'en fous : je dois être devenu un vrai truand, je n'aime plus personne.

– Tiens, je t'avais amené ça, me dit-il d'une voix neutre en me balançant un bouquin sur le lit.

Je prends le livre entre mes mains : c'est un exemplaire de *Madame Bovary* en albanais.

Et là, contre toute attente, une douleur sourde envahit mon corps. Je ressens un déchirement dans ma poitrine, une vague énorme qui remonte du tréfonds de mon âme, comme une digue qui cède. Un flot de larmes coule de mes yeux et je me mets à pleurer comme un gosse dans les bras de mon avocat.

Je lui déballe tout : Lakdar, mon ras-le-bol, mon désir d'aventures, les Mon Chéri, les gros cygnes, Frédéric Moreau, mes déboires avec l'Ordre… Bertrand écoute attentivement, sans m'interrompre, très professionnel.

– Qu'est-ce qu'il y a dans l'enveloppe que tu m'as envoyée et que j'étais censé cacher ?

– Des relevés de comptes ouverts au nom de clients de Lakdar à la Dresde. Il y en a une dizaine, je crois. J'en ai défendu certains au cours de l'année où j'ai travaillé sur ses dossiers.

– Quel genre de clients ?

– Le genre riche et méchant.

– Le genre à se mettre en colère en cas d'indiscrétion ?

– Colère, c'est le prénom ! Juge par toi-même. Il y a Abdelmine et Sellami qui sont deux trafiquants de stups du 93 ; l'OCRTIS les recherche depuis qu'ils ont retrouvé par hasard une 206 avec vingt-cinq kilos de coke stationnée sur les Grands Boulevards. Quelqu'un avait poussé la bagnole sur les clous pour pouvoir se garer et les flics l'ont embarquée à la fourrière. J'ai assisté la propriétaire en titre de la voiture pour Lakdar lors de son premier interrogatoire : c'était la petite amie de l'un d'entre eux. Elle n'était au courant de rien. Elle est allée au trou direct après quatre-vingt-seize heures de garde à vue, histoire de voir venir. Il y a également Ivo Djilas : une ordure qui sert d'intermédiaire à des industriels comme il faut pour balancer des fûts de déchets toxiques dans la nature en Éthiopie et en Érythrée. Il touche de très grosses commissions et a des problèmes insolubles avec le fisc. David Nathan, lui, c'est un mec sympa. Il est trafiquant d'armes. J'ai assisté son petit frère en comparution immédiate pour ivresse au volant. Après l'audience, il m'a invité à faire la fête à la Maison du caviar et m'a montré ses six passeports tout en m'expliquant comment, avec mon nom, il pouvait m'obtenir la nationalité israélienne. Le pire de tous, c'est Ibrahim Benabdelkader. Sa femme s'est fait dérouiller, je suppose par des types à lui, pile devant des flics en patrouille. Il a fait appel à Lakdar pour minimiser l'affaire. Je suis allé la voir à l'Hôtel-Dieu. Elle crevait de peur. Elle m'a raconté que depuis que son mari fréquentait les islamistes, ils vivaient comme des clodos alors qu'avant, quand elle trafiquait pour lui en passant de la drogue, il la traitait comme une princesse. Il la forçait à porter le hijab et à rester cloîtrée des mois entiers lorsqu'il partait en Afghanistan. Je crois qu'il est recherché par Interpol. Quant à elle, elle doit être morte.

– C'est la grande classe, tout ça ! Tu m'étonnes que Lakdar soit riche, avec des clients pareils ! Mais quel rapport a-t-il avec ces comptes ?

– Avec les relevés, tu trouveras des pouvoirs signés à son nom. Il fait les porteurs de valise.

– Je devrais faire pareil. C'est vrai que les avocats ne risquent rien.

– Et tu porterais les valises de qui ?

– Ouais, tu as raison !

Bertrand prend son air de catho perfide :

– Si ces relevés tombaient entre les mains de la brigade financière ? Comme ça, au hasard d'un courrier…

– Je ne sais pas. Peut-être que Lakdar aura des emmerdes.

– Il aura sûrement des emmerdes. Au moins suffisamment pour ne pas essayer de te tuer à nouveau. Je vais les envoyer un à un et nous allons attendre de voir ce que ça donne.

– C'est une bonne idée.

– Entre-temps, je vais discuter avec Bartholomé pour que l'administration pénitentiaire te laisse ici et ne te remette pas tout de suite au grand quartier. Ne t'inquiète pas, je ne vais pas lui dire un mot sur ton séjour à Genève. En revanche, je vais lui raconter qu'il me semble, je dis bien *il me semble*, que les pressions dont tu as été et dont tu es toujours l'objet, et maintenant la victime, émanent d'un confrère.

– Personne ne peut savoir pour mon voyage. Je n'avais pas mon portable et j'ai fait l'aller-retour en train.

– Lakdar avait le sien, non ?

– Oui. Mais il n'est pas idiot.

– Sait-on jamais ! Il doit être joignable tout le temps. Il ne peut pas se permettre de changer de puce comme ça, comme un vulgaire dealer.

– Tu sais, l'argent de Genève, je m'en fous. Enfin, non, je ne m'en fous pas, mais je me suis aperçu qu'il n'y avait pas que ça qui m'animait et…

– C'est répugnant, cette contrition !

Bertrand avait dit cela sur un ton d'institutrice, du style "il faut assumer ses bêtises, mon grand", qui ne me plaisait pas du tout.

– Une question, Bertrand : c'est quoi le pénal pour toi ?

– Je ne sais pas, mais je sens que tu vas me l'apprendre.

– C'est toute cette merde, le pénal. Quand tu es commis d'office sur des affaires criminelles, c'est pour des trucs bien crades, je te l'accorde, mais c'est surtout pour des gens qui n'ont pas un rond. C'est très moral, ça, l'État qui te paye pour défendre le pécheur. Ça te permet de ne pas être directement en affaire avec. C'est confortable. Mais celui qui vit du pénal, qui en vit vraiment, c'est celui qui est choisi comme avocat par des ordures cyniques et riches comme celles dont je t'ai parlé. C'est celui qui accepte de prendre du fric de leurs mains pour nettoyer leurs chiottes et qui dit merci. Lakdar, il n'est pas secrétaire de la conférence comme toi et il plaide comme un pied ; pourtant il est richissime alors qu'il a dix ans de moins que nous.

– Et tu l'admires ?

– Non, je le trouve con comme une bite. Mais je ne veux pas que tu te mentes à toi-même et surtout je ne veux pas que tu me juges ou que tu te foutes de ma gueule lorsque je te dis qu'il n'y a pas que l'argent qui m'a poussé dans cette galère. C'est un métier gerbant que je n'avais fait qu'entr'apercevoir avant de travailler à ses côtés et ce n'est pas les proxos que je défendais pour deux mille euros qui changeaient les choses. Mais quand tu te fais payer comme lui tous les mois un fixe de dix mille euros pour être là seulement au cas où, pour un type qui balance des fûts de dioxine à la gueule des gosses africains, là, tu fais vraiment du pénal. Cette histoire m'a fait réfléchir sur ce métier que j'exerce depuis quinze ans. Plus qu'un coup financier, je pense qu'il s'agit surtout d'un suicide professionnel. Genre tuer le mal par le mal, tu vois ? Le pénal est une drogue qui détruit l'âme. Et ceux qui n'en ont pas, comme Lakdar, ça ne leur fait rien.

– Et toi, ton âme ?

– Pour tout te dire, c'est surtout mon cul qui souffre de m'être fait enculer par ce con. Si tu me sors de là pour que je lui fasse bouffer ses couilles, tu seras bien payé et tu pourras enfin emmener Emeline et les enfants en vacances autre part qu'en Bretagne.

Bertrand rigole et me donne une bourrade dans le ventre qui m'arrache un cri de douleur.

– Eh, tu sais que Frédéric Moreau, il a eu une vie de con ?

– Je sais. Je m'en suis aperçu que très récemment.

9

C'est ainsi que je découvre de mon lit, jour après jour, les résultats de la stratégie de Bertrand en feuilletant *Le Parisien.*

Les scandales éclatent comme des bulles de Perrier, un à un, au rythme des commissions rogatoires.

Ivo Djias et David Nathan se sont fait arrêter et confisquer leur fric par le Trésor. Trois autres personnes ont suivi : deux banquiers algériens et Marcel Gonthier, une espèce de barbouze des renseignements généraux qui travaillait pour Alstom.

A chaque fois, le nom de Lakdar apparaissait dans les articles ou les entrefilets. Les journalistes n'y voyaient que du feu mais dans la galerie financière, chez les juges d'instruction, ça devait jaser.

"Tiens, encore vous maître Lakdar, décidément, vos clients jouent de malchance !"

Et puis, il y a une semaine, son cabinet a pris feu.

Quand je ne lis pas le journal, je déambule dans les couloirs de l'hôpital. Ici, c'est la cour des Miracles.

Depuis la loi Kouchner, lorsqu'un détenu est malade au point de crever, il peut bénéficier d'une conditionnelle. Alors, la mode chez les taulards, c'est de refuser les soins même pour une simple bronchite afin que leur situation empire. La Cour de cassation a eu beau essayer de couper court à cette pratique en restreignant l'application de la loi à ceux qui avaient vraiment tenté sans succès une thérapie en milieu carcéral, rien n'y faisait. Ça crachait, ça toussait, ça mourait dans les coins dans une ambiance très médiévale : un monde médicalement pur sans antibiotiques et sans chimiothérapie.

Hier, je suis tombé sur Alexandre Libner, le collaborateur de Lakdar. Celui-ci venait visiter un détenu. En temps ordinaire, je n'aurais pas pu lui parler, mais ici il y a très peu de matons et ils sont cool, surtout avec moi. Je lui ai demandé de ses nouvelles en espérant en avoir sur son patron.

– Je me suis mis à mon compte il y a à peine une semaine.

– Pourquoi ? Tu n'en pouvais plus de sniffer de la coke en boîte avec ton patron ou alors c'est parce que tu n'as plus de bureau ?

– Non, Dalil a trouvé des locaux. Je me suis domicilié chez lui.

– En gros, ce qui a changé, c'est qu'il ne te paye plus ton salaire de collaborateur.

– En gros, ouais !

– Pourtant, le business a l'air de marcher. Je vois son nom dans toutes les belles affaires.

– Je crois plutôt qu'il a des emmerdes.

– Tu vas me dire, quand ton cabinet prend feu, c'est jamais bon signe.

– Et toi, toujours au trou ? J'ai appris qu'on avait essayé de te faire la peau.

– Ben, comme tu vois, je suis toujours là.

J'ai peine à croire que cette petite ordure ne soit au courant de rien.

– Ton jugement, c'est pour quand ?

– Le juge veut m'entendre la semaine prochaine. Les commissions rogatoires doivent être revenues à l'heure qu'il est. Ils n'ont rien trouvé, évidemment.

– Évidemment.

Parce que nous venions d'aborder un sujet qui puait la complicité à plein nez, un sujet qui ne seyait plus à un jeune avocat en cours d'installation, il prit congé tout à coup, comme si quelqu'un venait de lui chuchoter à l'oreille que j'avais la lèpre.

Bertrand est venu me voir plusieurs fois pour me rapporter les bruits du Palais et pour élaborer avec moi la phase deux de notre plan.

Tout le monde savait que Lakdar avait des emmerdes. Il hantait les galeries d'instruction comme un spectre, la tête baissée, pour n'avoir à parler à personne, lui qui d'habitude ne perdait jamais une occasion de la ramener.

Ça commençait à gueuler de toutes parts puisque, accaparé par ses clients qui tombaient comme des mouches, il négligeait tous les autres qui pourrissaient en détention.

Le bruit courait qu'il avait raté des audiences, notamment celle d'un trafiquant de stups qui l'avait payé très cher et qui voulait lui faire la peau.

Pour ce qui était de notre plan, nous tournions en rond. Si je balançais les pouvoirs à Bartholomé, il me demanderait comment je me les étais procurés. Et là, pas de réponse.

Et puis, il n'y avait aucun lien entre ces papiers et le fait que Lakdar m'eût forcé à me substituer à Sellem.

Si nous balancions les pouvoirs anonymement, cela ne signifiait pas grand-chose. La fouine aurait encore plus d'emmerdes, certes, elle serait sûrement suspendue, mais moi je ne sortirais toujours pas.

L'idée de Bertrand était de mettre l'Ordre dans le coup en révélant qui était vraiment Lakdar. D'après lui, un membre du Conseil irait immédiatement voir Bartholomé pour plaider ma cause.

Quelle naïveté !

L'Ordre le convoquerait pour entendre sa version de l'histoire et le Bâtonnier se rendrait vite compte que ce que nous lui demandions, c'était d'arbitrer une embrouille entre deux pourris. Il s'en abstiendrait et il aurait raison.

La solution est venue d'elle-même. Elle est tombée d'un arbre, comme un beau fruit.

Un matin, je remarquai dans le couloir un vieux monsieur très bien habillé. Il n'avait pas le genre de l'endroit ; le style clodo en phase terminal ou rappeur troué par balles. Il était assis sur le rebord de la fenêtre et traquait les derniers rayons du soleil d'automne au travers du grillage.

J'interpellai un infirmier pour lui demander qui était cet homme.

– Marcel Gonthier, il vient de la Santé pour un diagnostic prostate.

L'agent des RG, le client de Lakdar. Un des types dont l'arrestation était un regrettable effet secondaire de notre plan. Qu'est-ce qu'il pouvait bien faire là alors qu'il y avait des médecins à la Santé pour soigner son petit problème ?

Je me rappelai l'article que j'avais lu sur lui dans le journal.

Ancien légionnaire, ancien mercenaire, ancien agent des renseignements généraux, il faisait partie de ces initiés au secret que les grandes entreprises payaient à prix d'or lorsqu'ils quittaient le giron du service public. Marcel Gonthier était ce que l'on appelle un "tricoche" : un type avec de grandes oreilles et beaucoup d'amis, capable en un temps record d'obtenir n'importe quel renseignement nominatif.

Le veinard, il devait être au carré VIP.

Lorsque je suis venu me présenter à lui, j'ai lu dans ses yeux qu'il savait qui j'étais, pourquoi j'étais là, pour qui j'avais travaillé et bien d'autres choses encore que je ne savais probablement même pas moi-même. Nous avons bavardé de manière informelle, assis sur le rebord de la fenêtre. Il m'a tout de suite parlé de son avocat.

Comme il avait le vent en poupe. Comme il avait de beaux dossiers. Comme on parlait souvent de lui dans le journal, surtout en ce moment. Je pense qu'il cherchait simplement à avoir confirmation de ses doutes sur les liens entre les dossiers occupant actuellement les journées de mon confrère Lakdar.

– Je ne peux pas tomber plus bas, me fit-il en soupirant.

– Voyons, il n'y a pas de quoi se faire du souci. Les juges et la police savent très bien que vous leur rendez aussi de gros services. Je n'ai jamais vu des affaires de recel de renseignements confidentiels aller très loin, vous savez ?

– Ouais… jusque-là ils n'avaient aucune preuve. Sans le relevé de comptes qu'ils m'ont montré l'autre jour (Gonthier me fit un signe signifiant que les carottes étaient cuites et qu'il n'avait plus rien à attendre de la mansuétude de la justice), j'aurais pu vieillir tranquillement dans les Alpes.

– Dix millions de francs suisses ! C'est vrai que ça fait mal au cœur. Mais il y a pire. Imaginez que vous soyez en cavale, comme Ibrahim Benabdelkader. Il y avait le triple sur son compte. Ça va faire un gros trou dans les caisses d'Al Qaida !

Gonthier avait détourné la tête de la fenêtre.

– Comment vous savez tout ça, vous ?

– Ben, chez Lakdar tout le monde était au courant, ai-je dit avec toute la candeur dont j'étais capable.

Puis il a repris son bain de soleil et n'a plus dit un mot. Le soir même, il était de retour à la Santé dans son carré VIP.

Et la semaine suivante, ce que mes confrères d'antan avaient prédit arriva : la fouine s'évapora… immolée par le feu, au fond de la Seine… ou peut-être, simplement, trop de pression…

L'entretien avec Bartholomé se passa comme une lettre à la poste.

J'ai tout mis sur le dos du disparu. J'ai raconté au juge la parade nuptiale que m'avait faite Lakdar pour que je travaille pour lui. Puis comment un matin, lui et les deux braqueurs de la Banque de France étaient venus me chercher chez moi avec une arme pour m'obliger à me rendre à la maison d'arrêt pour me substituer à Sellem.

L'esclave pakistanais, le chauffeur de la Mercedes de Lakdar qui nous avait amenés devant Fleury, qui n'était finalement ni sourd ni muet et qui avait le sens des affaires depuis son affranchissement, a confirmé mes dires moyennant une somme raisonnable.

Le juge m'a demandé ce que je savais à propos de certains relevés correspondant à des comptes en Suisse, relevés dont une personne inconnue et bien inspirée avait saupoudré la galerie financière.

J'ai répondu tout naturellement que les allers-retours de Lakdar entre Paris et Genève étaient un secret de Polichinelle.

Bertrand avait raison, la fouine ne changeait jamais de puce lorsqu'elle voyageait. Elle était donc aisément traçable de borne en borne grâce à son téléphone portable.

Bartholomé m'apprit même que le matin de mon incarcération, juste avant de venir me chercher chez moi avec une arme, Lakdar était justement à Genève. Probablement pour se faire régler la facture de son mauvais coup.

Probablement !

J'ai eu un non-lieu, j'ai fait la une du *Parisien* et je suis rentré chez moi. Le crime parfait !

ÉPILOGUE

La première chose que j'ai faite après m'être bourré trois soirs de suite au resto fut d'aller voir M. Otto Hemschwiller afin de retirer un peu d'argent de mon compte.

Je voulais offrir à Bertrand et à sa famille des vacances de millionnaires. Un safari ou une croisière. Un safari et une croisière.

Pour que le père de Dostom achète la montagne sur laquelle il garde ses chèvres, je lui ai fait parvenir un mandat de quatre cent mille euros de la part de son fils.

Et comme je me faisais chier chez moi, je suis reparti travailler.

Les couloirs du Palais.

Je suis convaincu en observant à la dérobée la tronche que tire mon confrère Gonzague Le Pelletier-Pouchard lorsqu'il me croise que l'Ordre a dû très mal prendre mon non-lieu. Ils pensent sûrement, en hommes de tradition qu'ils sont, que j'allais naturellement disparaître du panorama, comme une chiure de mouche se résorbe avec le temps.

Et bien non, je suis toujours là !

Moi, le mort-vivant, le revenant du monde des radiés.

Car s'il arrive que des avocats aillent en prison, qui pour détournement de fonds ou abus de confiance, qui pour complicité, recel de malfaiteur, violation du secret de l'instruction et que sais-je encore, aucun d'entre eux n'est jamais revenu d'entre les morts pour se promener en robe dans les couloirs du Palais.

Seuls les vrais pénalistes semblent se réjouir de mon retour.

– Oh, Leibowitz ! Putain, ce que t'as grossi ! T'es sorti de taule quand ?

– Y'a un mois.

– Et qu'est-ce que tu fous ?

– Ben tu vois. Je retourne bosser.

– T'as dû te faire des clients en taule.

– Ouais, quelques-uns.

– Et Sellem, il t'envoie des gens ?

– J'ai des retombées.

– Putain ! Remarque, tu l'as bien mérité. Lakdar, putain, l'enflure ! Je n'ai jamais pu le blairer, celui-là. Je me demande lequel de ses clients l'a buté. A propos, tu sais qui est en taule ? Bérard ! Il s'est fait serrer pour des indiscrétions dans une histoire de stups. Écoute, bienvenue, hein !

Le vestiaire et sa galerie de portraits.

Je rentre dans la ruche. Cela fait un an que je l'ai quittée et rien n'a changé. Toujours ces avocats qui se pavanent les uns devant les autres en riant très fort. Ces jeunes collaboratrices au beau cul qui se la pètent. Ces mères de familles harassées et négligées qui ont déposé un dossier pour devenir magistrat en province. Ces avocats africains, au moins docteurs en droit, qui se disent des choses très compliquées dans un français incompréhensible. Ces mecs aux costumes à mille cinq cents euros, ces clodos en robe…

Je monte retrouver ma petite toque grise en métal parmi les seize mille autres petites toques grises.

Z1217 Leibowitz.

J'arrache le petit panneau *Interdit* qui en obstrue l'entrée.

Le sceau de l'infamie, la marque des préradiés.

Je pique le dernier *Bulletin du barreau* dans la toque de mon voisin.

J'apprends que le Bâtonnier – est-ce le même, est-ce un autre ? – est parti en Chine discuter des droits de l'homme avec nos confrères du barreau de Pékin.

Jiang Zemin a intérêt à bien se tenir.

A la rubrique "Vie du Palais", pas un mot sur le retour de notre confrère injustement engeôlé, Christophe Leibowitz-Berthier.

Je ressors du vestiaire et je tombe sur Bruno, du bureau pénal.

– Eh, Leibowitz, t'es de retour ! Tu fais quoi, là, parce que j'ai un trou sur les compas dans l'équipe de l'après-midi. Tu veux bien être commis d'office ?

Relax said the nightman
We are programed to receive
You can check out any time you like
But you can never leave

Cet ouvrage a été composé par
Atlant'Communication
aux Sables-d'Olonne (Vendée)
Impression réalisée par

BUSSIÈRE
GROUPE CPI

à Saint-Amand-Montrond (Cher)
en octobre 2004

N° d'édition : 2491002. — N° d'impression : 044256/1.
Dépôt légal : septembre 2004.

Imprimé en France